Christie · Die vergessliche Mörderin

Agatha Christie

Die vergessliche Mörderin

Loewe

Die Deutsche Bibliothek – CIP-Einheitsaufnahme

Christie, Agatha:
Die vergessliche Mörderin / Agatha Christie.
[Einzig berecht. Übers. aus dem Engl. von Edda Janus].
– Lizenzausg., 1. Aufl. – Bindlach : Loewe, 1999
ISBN 3-7855-3497-3

Lizenzausgabe mit Genehmigung des Scherz Verlags,
Bern und München
„Die vergessliche Mörderin“

Einzig berechtigte Übersetzung aus dem Englischen von Edda Janus
Titel des Originals: „Third Girl“

ISBN 3-7855-3497-3 – 1. Auflage 1999
Umschlagzeichnung: Charlotte Panowsky
Umschlaggestaltung: Creativ GmbH Kolb, Leutenbach

1

Hercule Poirot saß am Frühstückstisch. Vor ihm stand eine Tasse heißer Schokolade. Dazu aß er eine Brioche. Sie schmeckte hervorragend, und er nickte wohlgefällig. Sie kam aus einer dänischen *patisserie*, der vierten, die er durchprobiert hatte.

Poirot war rundherum zufrieden – vielleicht sogar allzu selbstzufrieden. Er hatte sein *Magnum Opus*, eine Analyse über berühmte Autoren von Kriminalromanen, beendet. Diese literarische Arbeit hatte ihn angeregt, und nun gönnte er sich nach den geistigen Strapazen zunächst eine Erholungspause. Aber man konnte sich nicht immer ausruhen, man musste etwas Neues beginnen. Leider wusste er nicht, was. Eine neue literarische Arbeit? Nein. Um ehrlich zu sein, er langweilte sich. Er war nervös; er hatte schlechte Gewohnheiten angenommen ...

Die Tür öffnete sich, und sein Diener George trat ein. Er hüstelte und murmelte verlegen: „Eine – äh – eine junge Dame möchte Sie sprechen."

Poirot betrachtete ihn erstaunt. „Aber ich empfange nie jemand um diese Tageszeit", sagte er mit leichtem Tadel.

„Nein, Sir", stimmte George zu.

„Ist die junge Dame hübsch?", fragte Poirot nach kurzem Überlegen.

„Meiner Meinung nach nein, Sir. Aber über Geschmack lässt sich nicht streiten."

„Hat sie gesagt, warum sie mich sprechen möchte?"

„Sie sagte ...", George zögerte und schien sich von vornherein für seine Worte entschuldigen zu wollen,

„dass sie Sie wegen eines Mordes sprechen wolle, den sie vielleicht begangen habe."

Hercule Poirot zog die Augenbrauen hoch. „*Vielleicht?* Ja, *weiß* sie das denn nicht?"

„So hat sie sich ausgedrückt, Sir."

„Hm ... das lässt zwar an Klarheit zu wünschen übrig, könnte aber interessant sein."

„Und wenn es – ein Scherz ist, Sir?"

„Das ist natürlich möglich. Aber ich kann mir kaum vorstellen, dass ..." Poirot griff nach der Tasse. „Führen Sie sie in fünf Minuten herein."

„Jawohl, Sir."

Poirot leerte die Tasse, schob sie fort und stand auf. Er ging zum Kamin und zwirbelte vor dem Spiegel auf dem Sims sorgfältig die Schnurrbartspitzen. Dann kehrte er zufrieden zu seinem Stuhl zurück und wartete auf die Besucherin. Er wusste nicht recht, was für ein Bild er sich von ihr machen sollte ...

Als George sie hereinführte, wurde er bitter enttäuscht. „Brr!", dachte er voller Missfallen. „Diese Mädchen! Warum versuchen sie nicht wenigstens, was aus sich zu machen? Geschicktes Make-up, gut angezogen, eine erstklassige Frisur – dann könnten die gerade noch angehen. Aber so!"

Sie mochte Anfang Zwanzig sein. Langes, strähniges Haar von undefinierbarer Farbe fiel ihr über die Schultern. Die großen ausdruckslosen, ins Leere starrenden Augen waren grünlichblau. Sie trug die Uniform ihrer Generation: schwarze, hohe Stiefel, weiße, durchbrochene Wollstrümpfe von zweifelhafter Sauberkeit, einen engen Rock und einen langen, viel zu weiten, dicken Wollpullover. Jeder in Poirots Alter hätte bei ihrem Anblick nur einen Wunsch verspürt: das Mädchen so schnell wie möglich in die Badewanne zu stecken.

Er erhob sich höflich wie immer, schüttelte ihr die Hand und rückte ihr einen Stuhl zurecht. „Sie wollten mich sprechen, Mademoiselle? Nehmen Sie doch bitte Platz."

„Oh." Ihre Stimme klang etwas atemlos. Sie starrte ihn an.

„Eh bien?"

„Ich glaube, ich – ich möchte lieber stehen", sagte sie zögernd. Die großen Augen musterten ihn zweifelnd.

„Wie Sie wünschen." Poirot setzte sich und betrachtete sie abwartend. Sie trat von einem Fuß auf den anderen, senkte den Blick und richtete ihn dann wieder auf Poirot.

„Sie – Sie sind Hercule Poirot?"

„Gewiss. Und wie kann ich Ihnen behilflich sein?"

„Oh, wissen Sie, das ist schwierig. Ich meine ..."

Poirot hatte das Gefühl, ihr zu Hilfe kommen zu müssen. „Mein Diener hat mir gesagt, Sie wollten mich sprechen, weil Sie glaubten, dass Sie ‚vielleicht einen Mord begangen hätten'. Habe ich das richtig verstanden?"

Das Mädchen nickte. „Ja."

„Aber wie können Sie darüber im Zweifel sein? Sie müssten doch wissen, ob Sie einen Mord begangen haben oder nicht."

„Ach, ich weiß nicht, wie ich das sagen soll. Ich meine ..."

„Nun kommen Sie schon", sagte Poirot freundlich. „Setzen Sie sich, entspannen Sie sich, und erzählen Sie mir alles."

„Ich glaube nicht – ach, ich weiß nicht, wie ... Es ist

alles so kompliziert. Ich hab's – ich hab's mir anders überlegt. Ich möchte nicht unhöflich sein, aber – ich glaube, es ist am besten, wenn ich wieder gehe."

„Seien Sie doch nicht so verzagt."

„Nein, ich kann nicht. Ich hab geglaubt, ich ... ich könnte Sie fragen, was ich tun soll – aber das kann ich nicht, wissen Sie. Es ist alles so ganz anders als ..."

„Als was?"

„Es tut mir furchtbar Leid, und ich möchte wirklich nicht unhöflich sein, aber ..."

Sie stieß einen tiefen Seufzer aus, sah Poirot an, sah wieder fort und platzte plötzlich heraus: *„Sie sind zu alt.* Niemand hat mir gesagt, dass Sie so alt sind. Ich möchte nicht unhöflich sein, aber – das ist es eben: *Sie sind zu alt.* Es tut mir wirklich schrecklich Leid."

Sie machte auf dem Absatz kehrt und stürzte aus dem Zimmer. Poirot, dem der Mund offen stand, hörte die Wohnungstür ins Schloss fallen.

„Nom d'un nom d'un nom ...", murmelte er vor sich hin.

2

Das Telefon klingelte. Hercule Poirot nahm es nicht einmal wahr. Es klingelte schrill und anhaltend weiter.

George kam ins Zimmer, ging auf den Apparat zu und warf dabei einen fragenden Blick auf Poirot.

Der machte eine Handbewegung: „Nein."

Gehorsam entschwand George wieder. Das Telefon schrillte penetrant weiter und verstummte unvermittelt. Doch kaum zwei Minuten später klingelte es erneut.

„Ach, *sapristi!* Das muss eine Frau sein – dazu ist nur eine Frau fähig." Er seufzte, stand auf und ging zum Apparat.

„Sind Sie – ist da Monsieur Poirot?"

„Ja, ich bin's."

„Hier ist Mrs Oliver – Sie klingen so komisch! Ich hab Sie gar nicht erkannt."

„*Bonjour*, Madame – es geht Ihnen gut, hoffe ich?"

„Oh, glänzend, danke." Ariadne Olivers Stimme war fröhlich wie immer. Die bekannte Autorin von Kriminalromanen und Hercule Poirot waren gute Freunde.

„Entschuldigen Sie, dass ich Sie so früh anrufe, aber ich habe ein Attentat auf Sie vor."

„So?"

„Ja, es geht um das Festessen des Clubs der Kriminalroman-Autoren. Ich wollte Sie fragen, ob Sie nicht dieses Jahr die Festrede bei uns halten können. Es wäre ganz besonders reizend von Ihnen, wenn Sie das tun würden."

„Wann ist das?"

„Im nächsten Monat, am Dreiundzwanzigsten."

Ein tiefer Seufzer, dann: „Ach! Ich bin zu alt."

„Zu alt? Ja, um alles in der Welt, was soll das? Sie sind doch gar nicht alt."

„Meinen Sie nicht?"

„Natürlich nicht. Sie werden es großartig machen. Und Sie können uns so viele fabelhafte Geschichten über echte Verbrechen erzählen."

„Und wer soll mir zuhören wollen?"

„Na, alle. Sie – Monsieur Poirot, ist irgendwas? Ist etwas passiert? Sie klingen so – so verstört."

„Ja, ich bin verstört. Meine Gefühle – ach, lassen wir das."

„Nein. Es ist nicht egal. Was ist los?"

„Ach, nichts. Ich stelle mich nur an ..."

„Das glaube ich nicht. Wissen Sie was? Kommen Sie zu mir, und erzählen Sie es mir! Wann kommen Sie? Heute Nachmittag?"

„Sie sind rührend, Madame! Was für eine Mühe Sie sich geben! Ich trinke gern eine Tasse Schokolade bei Ihnen."

„Gut. Und dann erzählen Sie mir, worüber Sie sich so aufgeregt haben."

Poirot dachte eine Weile nach, dann wählte er eine Nummer.

Gleich darauf fragte er: „Mr Goby? Hier ist Hercule Poirot. Sind Sie gerade sehr beschäftigt?"

„Ziemlich", sagte Gobys Stimme. „Ziemlich, man könnte fast sagen, sehr. Aber für Sie, Monsieur Poirot, könnte ich mich freimachen. Sie haben es doch immer so eilig. Meine jungen Männer können mal allein weiterarbeiten. Natürlich kommt man heutzutage nicht mehr so leicht an gute junge Männer wie früher. Die denken immer nur an sich. Die glauben, sie wissen schon alles, ehe sie überhaupt mit dem Lernen anfangen. Na ja, junge Leute sind wohl so. Ihnen stehe ich selbstverständlich zur Verfügung, Monsieur Poirot. Vielleicht kann ich sogar ein oder zwei von meinen besten Leuten für Sie abzweigen. Es geht doch sicher um das Übliche – sollen wir Auskünfte für Sie einholen?"

Während Poirot ihm bis ins kleinste Detail erklärte, worum es sich handelte, lauschte er aufmerksam. Nach dem Gespräch mit Goby rief Poirot einen guten Freund bei Scotland Yard an. Nachdem der ihm eine Weile zugehört hatte, fragte er: „Bisschen viel verlangt, findest du nicht? Sämtliche Morde – egal, wo. Zeit, Ort und Opfer unbekannt. Genauso gut könntest du Mondkälber jagen, mein Lieber." Abfällig fügte er hinzu: „Du scheinst ja wirklich *überhaupt nichts* zu wissen!"

Um Viertel nach vier saß Poirot in Mrs Olivers Wohnzimmer und nippte genießerisch an einer großen Tasse Schokolade, auf der sich ein Berg Schlagsahne türmte. Eben brachte seine Gastgeberin ihm noch einen Teller mit Löffelbiskuits.

„*Chère* Madame, Sie sind reizend." Dann blickte er über den Rand der Tasse mit mildem Staunen auf Mrs Olivers Frisur und auf ihre neue Tapete. Beides war ihm neu. Als er Mrs Oliver zum letzten Mal gesehen hatte, trug sie das Haar glatt und streng frisiert. Jetzt türmte es sich in Locken und Wellen, die auf dem ganzen Kopf verschlungene Muster bildeten. Er hatte den starken Verdacht, dass diese üppige Fülle zum großen Teil falsch sein müsse. In Gedanken suchte er sich auszurechnen, wie viele Haarlocken herunterfallen würden, wenn Mrs Oliver plötzlich in lebhafte Erregung geriet, was bei ihr jeden Augenblick vorkommen konnte. Und dann die Tapete ...

„Diese Kirschen – sie sind neu?" Er zeigte mit dem Teelöffel auf die Wand. Er hatte das Gefühl, in einem Obstgarten zu sitzen.

„Meinen Sie, es wären zu viele Kirschen?", fragte Mrs Oliver. „Ich kann mir bei Tapeten nie vorstellen, wie sie nachher an der Wand aussehen. Fanden Sie die alte Tapete schöner?“

Poirot erinnerte sich schwach an viele grellbunte Tropenvögel in einem Urwald. Am liebsten hätte er laut gesagt: *Plus ça change, plus c'est la même chose,* aber er beherrschte sich.

„Und jetzt“, erklärte Mrs Oliver, als ihr Gast mit einem zufriedenen Seufzer die Tasse absetzte und sich den Rest der Schlagsahne aus dem Schnurrbart wischte, „müssen Sie erzählen, was los ist!“

„Da gibt's nicht viel zu erzählen. Heute Morgen ist ein junges Mädchen gekommen, das mich sprechen wollte. Eigentlich empfange ich um diese Zeit keinen Besuch. Sie kennen ja meine Gewohnheiten. Aber sie sagte meinem Diener, sie müsse mich unbedingt sprechen, denn sie habe vielleicht einen Mord begangen.“

„Wie merkwürdig! So etwas weiß man doch!“

„Allerdings! George brachte sie herein. Sie blieb stehen! Sie lehnte es ab, Platz zu nehmen. Sie stand da und starrte mich an. Sie sah fast schwachsinnig aus. Ich wollte ihr gut zureden. Aber da erklärte sie plötzlich, sie hätte es sich anders überlegt. Sie wolle nicht unhöflich sein, aber ich – *ich sei zu alt* ...“

Mrs Oliver begann sofort, ihn zu trösten. „Unsinn, junge Mädchen sind nun mal so! Wer über fünfunddreißig ist, ist für sie ein Greis. Junge Mädchen haben einfach keinen Verstand ...“

„Es hat mich gekränkt.“

„An Ihrer Stelle würde ich mich nicht darüber aufregen. Natürlich war es ungehörig und taktlos.“

„Darum geht es nicht. Und es dreht sich auch nicht nur um meine Gefühle. Ich bin beunruhigt. Ja, sehr beunruhigt.“

„Schwamm drüber. Vergessen Sie's", riet Mrs Oliver.

„Sie missverstehen mich. Ich bin wegen des Mädchens beunruhigt. Sie kam zu mir, weil sie Hilfe brauchte. Und dann war ich ihr zu alt. Zu alt, um ihr zu helfen. Natürlich war das Unsinn, das ist klar. Aber sie ist eben fortgerannt. Und dieses Mädchen braucht Hilfe, das weiß ich."

„Davon bin ich gar nicht so überzeugt", sagte Mrs Oliver besänftigend. „Junge Mädchen stellen sich oft schrecklich an!"

„Nein. Sie irren sich. *Sie braucht Hilfe.*"

„Ja, glauben Sie denn, dass sie wirklich einen Mord begangen hat?"

„Warum nicht? Sie hat es behauptet."

„Ja aber ..." Mrs Oliver unterbrach sich. „Sie sagte, sie habe es vielleicht getan. Was kann sie denn damit meinen?"

„Das ist es eben. Das hat keinen Sinn."

„Wen hat sie ermordet oder glaubt sie, ermordet zu haben?"

Poirot zuckte die Achseln.

„Und warum hat sie jemand ermordet?"

Wieder zuckte Poirot die Achseln.

„Da gibt's natürlich viele Möglichkeiten." Mrs Oliver wurde lebhaft. „Sie könnte jemand überfahren und nicht angehalten haben. Sie könnte von einem Mann auf einer Klippe angefallen worden sein, mit ihm gekämpft und ihn über den Rand gestoßen haben. Sie könnte jemand aus Versehen die falsche Medizin gegeben haben. Sie könnte zu einer von diesen Tabletten-Partys gegangen sein und mit jemand Krach bekommen haben. Vielleicht hat sie, als sie aus dem Rausch erwachte, entdeckt, dass sie jemand erstochen hat. Sie ..."

„Assez, Madame, assez!“

Aber Mrs Oliver war im besten Zug. „Sie könnte als Krankenschwester bei einer Operation assistiert haben, und dann hat sie die Narkotika verwechselt ...“ Sie hörte auf, um genauere Details zu erfragen. „Wie sah sie aus?“

Poirot überlegte eine Weile. „Wie Ophelia, aber ohne das gewisse Etwas.“

„Meine Güte“, rief Mrs Oliver. „Komisch, ich seh sie direkt vor mir. Nur nach Ihrer Beschreibung!“

„Sie ist nicht lebenstüchtig in meinen Augen. Sie gehört nicht zu den Menschen, die mit Schwierigkeiten fertig werden oder die Gefahren voraussehen können, die auf sie zukommen. Sie ist eine leichte Beute für alle, die ein Opfer suchen. Nach dem ersten Blick werden sie sagen: ‚Wir nehmen die da.‘ “

Aber Mrs Oliver hörte nicht mehr zu. Sie vergrub beide Hände in der Lockenpracht. Poirot kannte diese Bewegung. „Warten Sie“, rief sie gequält. „Warten Sie!“

Poirot wartete mit hochgezogenen Brauen.

„Sie haben mir nicht gesagt, wie sie heißt.“

„Sie hat sich leider nicht vorgestellt.“

„Warten Sie“, flehte Mrs Oliver noch einmal. Sie lockerte den Griff um den Kopf und seufzte tief auf. Die Haare lösten sich, fielen offen über ihre Schultern, und eine Partie besonders prächtiger Locken landete auf dem Fußboden. Poirot hob sie auf und legte sie kommentarlos auf den Tisch.

Mrs Oliver hatte sich plötzlich wieder beruhigt. Sie steckte ein paar Haarnadeln fest und nickte nachdenklich vor sich hin.

„Wer hat dem Mädchen von Ihnen erzählt, Mr Poirot?“

„Niemand, soweit ich weiß. Aber natürlich wird sie von mir gehört haben, bestimmt."

Mrs Oliver fand das gar nicht so natürlich. Natürlich war nur, dass Poirot es für selbstverständlich hielt, dass jeder von ihm gehört hatte. Und dabei gab es sehr viele Menschen, denen der Name Hercule Poirot überhaupt nichts sagte, besonders unter den jüngeren. „Aber wie soll ich ihm das beibringen, ohne ihn zu kränken?", fragte sich Mrs Oliver.

„Davon bin ich gar nicht so überzeugt", sagte sie schließlich.

„Mädchen – junge Mädchen und junge Männer –, was wissen die schon von Detektiven und der Aufklärung von Verbrechen? Sie hören doch nie etwas davon."

„Von Hercule Poirot müssen sie gehört haben", erklärte Poirot selbstherrlich. Für ihn war das ein Artikel seines Glaubensbekenntnisses.

„Aber heutzutage sind alle so ungebildet", gab Mrs Oliver zu bedenken. „Sie kennen nur die Namen von Pop-Sängern, von Beat-Gruppen oder Schallplatten-Jockeys, sonst nichts. Wenn Sie einen Spezialisten brauchen, ich meine einen Arzt oder Klempner oder Detektiv oder Zahnarzt – dann müssen Sie fragen, zu wem Sie gehen sollen. Sie wird sich auch bei jemand erkundigt haben, und der hat sie zu Ihnen geschickt."

„Das bezweifle ich."

„Woher wollen Sie das wissen, ohne dass es Ihnen jemand sagt? Hören Sie zu – eben ist's mir aufgegangen: *Ich* habe Ihnen das Mädchen geschickt."

Poirot blinzelte. „Sie? Aber das hätten Sie mir doch längst erzählen können!"

„Es ist mir erst aufgegangen, als Sie von Ophelia sprachen. Langes Haar, das feucht wirkt, und ein unscheinbares Gesicht. Es kam mir so vor, als beschrieben Sie jemand, den ich gesehen hatte, und zwar vor gar nicht langer Zeit. Und dann fiel mir ein, wer sie war."

„Na, und wer ist sie?"

„Den Namen kenne ich nicht, aber das kann ich leicht feststellen. Wir haben über Privatdetektive gesprochen – und dabei erwähnte ich Sie und einige Fälle, die Sie so verblüffend gelöst haben."

„Haben Sie ihr meine Adresse gegeben?"

„Nein, natürlich nicht. Ich hatte keine Ahnung, dass sie die Hilfe eines Detektivs brauchte. Für mich war das nichts als eine Unterhaltung. Aber ich habe Ihren Namen mehrfach genannt, und da brauchte sie ja nur noch im Telefonbuch nachzusehen und zu kommen."

„Haben Sie über Mord gesprochen?"

„Ich glaube kaum. Ich weiß nicht mal mehr, wie wir auf Detektive gekommen sind – falls sie nicht, ja, falls sie nicht davon angefangen hat ..."

„Was wissen Sie von ihr? Erzählen Sie alles – auch wenn Sie ihren Namen nicht kennen."

„Es war am vergangenen Wochenende. Ich war bei den Lorrimers. Die haben aber nichts damit zu tun, außer dass sie mich zu Freunden auf einen Drink mitgenommen haben. Sie wissen ja, wie ich Cocktailpartys mit ihrem albernen Geschwätz verabscheue. Allmählich habe ich mich zwar dran gewöhnt, mir anzuhören, wie gut den Leuten mein widerwärtiger Detektiv Sven Hjerson gefällt. Wenn sie wüssten, wie ich den Kerl hasse! Vermutlich hat sich daraus ein Gespräch über echte Detektive ergeben, und dabei hab ich von Ihnen geredet, und das Mädchen hat dabeigestanden und zugehört. Als Sie sagten, eine Ophelia ohne das gewisse Etwas, hat es bei mir geklickt. Ich hab gleich gedacht: ‚An wen erinnert dich das nur?‘ Und dann kam's: An das Mädchen auf der Cocktailparty. Ich glaube, sie gehörte zur Familie, wenn ich sie jetzt nicht verwechsle.“

Poirot stöhnte. Mit Mrs Oliver musste man immer viel Geduld haben. „Wie hießen die Leute, zu denen Sie auf einen Drink fuhren?“

„Trefusis. Oder Treherne. So ähnlich jedenfalls. Er ist ein großes Tier. Reich. Hat ein Büro in der City und ist lange in Südafrika gewesen ...“

„Verheiratet?“

„Ja. Eine sehr gut aussehende Frau. Viel jünger. Blond. Es ist die zweite Frau. Die Tochter stammt aus seiner ersten Ehe. Dann war da ein Monument von einem Onkel. Stocktaub. Stinkvornehm mit einem Rattenschwanz von Titeln. Admiral oder Luftmarschall. Ich glaube, er beschäftigt sich auch mit Astronomie. Auf dem Dach ist ein Teleskop oder etwas Ähnliches. Aber das kann natürlich ein Steckenpferd von ihm sein. Eine kleine Ausländerin war auch da. Sie spielt offenbar den Wachhund für den Alten. Wenn er nach London fährt, geht sie mit und passt auf, dass er nicht überfahren wird. Eine hübsche, kleine Person übrigens.“

Poirot sortierte die Informationen, die Mrs Oliver ihm geliefert hatte. „Demnach wohnen in dem Haus Mr und Mrs Trefusis ...“

„Nicht Trefusis – ich weiß es jetzt –, Restarick heißen sie.“

„Also Mr und Mrs Restarick, der vornehme alte Onkel. Heißt er auch Restarick?“

„Sir Roderick Sowieso.“

„Dann die kleine Ausländerin und die Tochter. Weitere Kinder?“

„Ich glaube nicht, aber bestimmt weiß ich es nicht. Die Tochter wohnt übrigens nicht zu Hause. Sie war nur übers Wochenende da. Ich vermute, dass sie sich nicht mit der Stiefmutter verträgt. Sie arbeitet in London, und wenn ich's richtig verstanden habe, hat sie einen Freund, der den Eltern nicht passt."

„Sie wissen aber viel über die Familie."

„Ach, das schnappt man so auf. Die Lorrimers sprechen dauernd über andere Leute, bei ihnen hört man den ganzen Klatsch und Tratsch aus der Nachbarschaft. Bloß bringe ich dann hinterher alles durcheinander. Wenn ich mich nur an den Vornamen des Mädchens erinnern könnte! Thora? Myra? Norma? Oder Maritana? Norma – Norma Restarick. Ja, das ist sicher richtig." Unvermittelt fügte sie hinzu: „Sie ist ein drittes Mädchen."

„Was heißt denn das nun wieder?"

Sie ging zu einem Tisch, nahm die *Times*, blätterte ein paar Seiten um und brachte sie ihm. „Da, sehen Sie das? DRITTES MÄDCHEN *für Komfort-Wohnung im zweiten Stock gesucht, eigenes Zimmer, Zentralheizung, Earl's Court. Drittes Mädchen für Etagenwohnung gesucht, 5 Guineas wöchentl. eig. Zimmer. Viertes Mädchen gesucht. Regent's Park, eigenes Zimmer.* So leben die jungen Mädchen heute. Das erste nimmt eine möblierte Wohnung und teilt die Miete auf. Das zweite ist meistens eine Freundin. Das dritte Mädchen suchen sie sich durch eine Anzeige, wenn sie sonst kein passendes kennen. Und oft bringen sie sogar noch ein viertes Mädchen unter. Das erste nimmt das beste Zimmer, das zweite zahlt entsprechend weniger, das dritte noch weniger, dafür wohnt es dann auch in einer Abstellkammer. Und untereinander machen sie dann aus, wer wann, an welchem Abend in der Woche die Wohnung für sich allein hat. Das muss wohl ganz gut klappen."

„Und wo wohnt dieses Mädchen, das vielleicht Norma heißt, nun in London?"

„Ich hab Ihnen doch schon gesagt, dass ich eigentlich gar nichts von ihr weiß."

„Aber Sie könnten sich erkundigen?"

„Ja, natürlich."

„Und Sie sind sicher, dass nicht von einem plötzlichen Todesfall die Rede war?"

„Meinen Sie in London – oder bei den Restaricks?"

„Beides."

„Ich glaube nicht. Soll ich mal probieren, was ich rausbekommen kann?" Mrs Olivers Augen begannen zu glitzern. Sie wurde vom Jagdfieber gepackt.

„Das wäre natürlich schön."

„Ich rufe mal bei den Lorrimers an. Jetzt wäre gerade eine günstige Zeit." Sie trat ans Telefon. „Haben Sie was da, um Namen und Adresse aufzuschreiben?"

Poirot, der schon einen Taschenkalender in der Hand hielt, nickte bestätigend.

Mrs Oliver presste den Hörer ans Ohr und stürzte sich in die Unterhaltung. Poirot lauschte aufmerksam.

„Hallo. Kann ich mit ... Oh, da bist du ja, Naomi. Hier ist Ariadne Oliver. Ja – es waren so viele Leute ... Ach, du meinst den alten Knaben? ... Nein, weißt du ... Was? Er ist fast blind? ... Aber ich dachte, die kleine Ausländerin fährt mit ihm nach London ... Ja, das stelle ich mir auch anstrengend vor – aber sie scheint ja glänzend mit ihm fertig zu werden ... Was ich dich fragen wollte: Hast du die Adresse von dem Mädchen?... Nein, ich meine die kleine Restarick, in South Kensington, glaube ich. Oder war's Knightsbridge? Ich hab ihr eins meiner Bücher versprochen und mir die Adresse aufgeschrieben, aber du weißt ja, dass ich immer alles verlege. Ich komm nicht mal auf ihren Vornamen. Thora oder Norma? ... Also doch Norma ... Augenblick, ich hol mir was zu schreiben ... Ja? Borodene Mansions Nr. 67 ... Ja, das kenn ich, so ein großer Block ... Wer sind die Mädchen, mit denen sie zusammen wohnt? ... Freundinnen? Oder hat sie inseriert? ... Claudia Reece-Holland ... Der Vater ist im Parlament, nicht? Und die andere? ... Nein, woher sollst du das auch wissen. Aber warum soll sie kein nettes Mädchen sein? ... Und was tun sie beruflich? Ich meine immer, sie wären alle Sekretärinnen ... Ach, die andere ist Innenarchitektin und arbeitet in einer Bildergalerie? ... Nein, Naomi, so sehr interessiert mich das auch wieder nicht. Ich bin nur immer neugierig, wie die jungen Mädchen heutzutage leben. Schließlich muss ich in meinen Büchern mit der Zeit Schritt halten ... Aber du hast mir was über einen Freund erzählt ... Ja, dagegen ist man machtlos, findest du nicht auch? Die Mädchen setzen ihren Kopf durch ... sieht er so schrecklich aus? Ist es so ein Schmuddeliger, Unrasierter? ... Was? Die Sorte! Mit Brokatweste und langen Locken? Bis auf die Schultern? ... Was hast du gesagt? Andrew Restarick kann ihn nicht ausstehen? ... Ja, Männer können die nie leiden ... Mary Restarick? ... Das wird der übliche Ärger mit der Stiefmutter sein. Die hat sich bestimmt gefreut, als das Mädchen nach London gegangen ist. Und was meinst du mit ‚Gerede'? ... Wieso haben sie nicht rausgekriegt, was ihr fehlt? ... Wer hat das gesagt? ... Ja, aber wieso vertuscht? ... Ach, eine Krankenschwester? – und die hat mit dem Kindermädchen der Jenners geredet? Ihr *Mann*, meinst du? Aha. Die Ärzte sind nicht dahinter gekommen? ... So, eine Magengeschichte? ... Gott, wie lächerlich! Die Leute hätten behauptet, dass dieser Andrew ... Du meinst, mit den giftigen Pflanzenschutzmitteln wäre es ... Ja, aber warum?... Sie ist doch seine zweite Frau – und so viel jünger, und sie ist attraktiv ... Ja, das kann schon sein ... Aber warum denn die Ausländerin? ... Weil sie von Mrs Restarick schlecht behandelt worden ist, meinst du? ... Sie ist so ein apartes Mädchen – ja, warum soll Andrew nicht einen Narren an ihr gefressen haben? Nein, nichts Ernstes natürlich – aber Mary könnte sich geärgert haben, und dann hat sie sich die Kleine vorgeknöpft und ...“

Mrs Oliver stellte fest, dass Poirot wild gestikulierte.

„Einen Augenblick, Liebste“, sagte sie ins Telefon. Sie legte den Hörer auf den Tisch und zog Poirot mit sich in die Essecke.

„Warum haben Sie mir Zeichen gemacht? Haben Sie verstanden, was sie ...?“

Poirot unterbrach sie. „Das können Sie mir gleich erzählen. Das meiste weiß ich. Ich möchte, dass Sie mit Ihrem großartigen Improvisationstalent irgendeinen Vorwand finden, unter dem ich die Restaricks besuchen kann – kann ich nicht ein alter Freund von Ihnen sein, der gerade in der Nachbarschaft zu Besuch ist? Vielleicht könnten Sie sagen ...“

„Überlassen Sie das mir! Mir wird schon was einfallen. Soll ich einen falschen Namen erfinden?“

„Um Himmels willen, nein! Wir dürfen es nicht zu kompliziert machen.“

Mrs Oliver nickte und kehrte wieder ans Telefon zurück.

„Naomi? Wovon sprachen wir gerade? Jetzt habe ich doch tatsächlich vergessen, warum ich dich angerufen habe. Ach ja, richtig, wegen der Adresse von Norma – und die hast du mir gegeben. Aber ich hatte noch was – jetzt weiß ich es wieder. Ein alter Freund von mir, ein fabelhafter Mann ... Übrigens habe ich neulich bei euch von ihm gesprochen: von Hercule Poirot. Er ist im Augenblick ganz in der Nähe von den Restaricks und möchte den alten Sir Roderick unbedingt kennen lernen. Er hat viel von ihm gehört und schwärmt geradezu von ihm und von irgendeiner Erfindung, die er im Krieg gemacht hat – es kann auch eine wissenschaftliche Entdeckung sein. Würdest du sie auf den Besuch vorbereiten? Sag ihnen, sie sollen sich seine großartigen Spionagegeschichten erzählen lassen ... Er – was? Oh, die Männer, die den Rasen mähen? Ja, klar, das geht vor. Auf Wiedersehen, Naomi."

Sie legte den Hörer auf und sank in einen Sessel. „Puh, ist das anstrengend. Hab ich's gut gemacht?"

„Nicht schlecht", sagte Poirot.

„Ich hab alles auf den alten Knaben geschoben. Dann kriegen Sie vermutlich alle zu sehen, und das wird Ihnen ja nur lieb sein. Wollen Sie jetzt hören, was sie gesagt hat?"

„Soviel ich verstanden habe, ist über eine Krankheit von Mrs Restarick viel geredet worden?"

„Ja. Sie hatte irgendeine mysteriöse Magengeschichte, über die die Ärzte sich nicht klar wurden. Sie haben sie ins Krankenhaus geschickt, und da besserte sich ihr Zustand sofort ohne ersichtlichen Grund. Kaum war sie wieder zu Hause, begann alles von vorn – und abermals rätselten die Ärzte herum. Na, und dann kam der Klatsch in Gang. Eine unzuverlässige Krankenschwester hat angefangen, ihre Schwester hat es der Nachbarin erzählt, die hat es weitergetratscht. Und schließlich hieß es, ihr Mann wolle sie vergiften. Naomi und ich haben über die kleine Ausländerin gesprochen – übrigens ist sie nicht *au pair*. Sie ist als Sekretärin und Gesellschafterin bei dem Alten angestellt – und ich kann mir nicht vorstellen, warum sie Mrs Restarick Gift ins Essen tun sollte."

„Ein paar Gründe haben Sie ja selber erwähnt."

„*Möglich* ist so was natürlich immer ..."

„*Mord erwünscht ...*", sagte Poirot nachdenklich, „aber noch nicht ausgeführt."

3

Der Parkplatz im Innenhof der Borodene Mansions war von sechs Autos besetzt. Als Mrs Oliver einbog, scherte eines rückwärts aus, sodass sie ihren Wagen in der Parklücke abstellen konnte. Dann stieg sie aus und sah sich um.

Das Gebäude hatte in der Mitte große Schwingtüren, der Westflügel und der Ostflügel glichen sich aufs Haar.

Das Apartment 67 lag im sechsten Stock des rechten Flügels. Mrs Oliver drückte auf den Liftknopf. Die Türen öffneten sich wie ein gähnendes Maul, und sie sprang eilig hinein.

Der Lift schoss nach oben, und Mrs Oliver hoppelte wie ein verängstigtes Kaninchen heraus.

Nach einem Blick auf die Wand bog sie in den rechten Gang ein. Sie kam zu einer Tür mit der Nummer 67. Die Zahlen waren aus Metall und in der Mitte angebracht. In dem Moment löste sich die Sieben und fiel ihr auf den Fuß.

„Kein verheißungsvoller Empfang“, dachte Mrs Oliver, während sie mit einem leisen Schmerzensschrei die Zahl aufhob und mit dem Daumen wieder fest an die Tür drückte.

Sie klingelte.

Die Tür wurde sofort geöffnet. Ein hübsches, hoch gewachsenes junges Mädchen stand vor ihr. Sie trug ein dunkles, gut geschnittenes Kostüm mit einem sehr kurzen Rock und eine weiße Seidenbluse. Ihre Schuhe waren elegant und teuer. Sie hatte hochgekämmte dunkle Haare, war geschickt und unauffällig zurechtgemacht und wirkte aus irgendeinem Grund auf Mrs Oliver leicht Furcht einflößend.

„Oh“, sagte Mrs Oliver und suchte nach den richtigen Worten. „Ist Miss Restarick da?“

„Nein, das tut mir Leid. Sie ist ausgegangen. Vielleicht kann ich Ihnen weiterhelfen? Oder soll ich ihr etwas bestellen?“

Wiederum sagte Mrs Oliver: „Oh“, bevor sie umständlich ein unordentlich in braunes Packpapier gewickeltes Päckchen herausholte. „Ich hatte ihr ein Buch versprochen“, erklärte sie. „Eins von mir, das sie noch nicht gelesen hat. Hoffentlich hab ich das richtige mitgebracht. Sie wissen nicht zufällig, ob sie bald zurückkommt?“

„Das kann ich Ihnen wirklich nicht sagen. Ich weiß nicht, was sie heute vorhat.“

„Oh. Sind Sie Miss Reece-Holland?“

Das Mädchen warf ihr einen erstaunten Blick zu.

„Ja, das bin ich."

„Ich kenne Ihren Vater." Mrs Oliver fuhr fort: „Ich bin Mrs Oliver. Ich schreibe Bücher." Das sagte sie in dem schuldbewussten Tonfall, in dem sie diese Ankündigung immer von sich gab.

„Kommen Sie doch herein."

Mrs Oliver nahm die Einladung an, und Claudia Reece-Holland führte sie in ein Wohnzimmer. Die Tapete wirkte wie eine grob gemaserte Holztäfelung, an eine Wand war ein riesiger Harlekin geklebt und an die andere eine Affe, der sich durch Palmwedel schwang.

„Norma wird sich über Ihr Buch bestimmt sehr freuen, Mrs Oliver. Darf ich Ihnen was zu trinken anbieten? Sherry? Gin?", fragte sie mit der gewandten Sicherheit einer guten Sekretärin.

Mrs Oliver dankte.

„Was für eine schöne Aussicht Sie hier haben!" Sie trat ans Fenster und musste blinzeln, weil ihr die untergehende Sonne direkt in die Augen schien.

„Ja. Aber wenn der Lift nicht funktioniert, ist es weniger schön."

„Oh, ich hätte nie gedacht, dass dieser Lift es wagt, nicht zu funktionieren. Er wirkt wie – wie ein Roboter."

„Er ist ganz neu, aber deswegen auch nicht besser. Er muss dauernd nachgesehen und überprüft werden!"

Die Tür ging auf, ein Mädchen kam herein und sagte: „Claudia, hast du eine Ahnung, wo ich mein ..."

Sie entdeckte Mrs Oliver und blieb stehen.

Claudia übernahm die Vorstellung. „Frances Cary – Mrs Oliver. Mrs *Ariadne* Oliver."

„Oh, wie aufregend!"

Frances war groß und überschlank, hatte langes schwarzes Haar und ein stark geschminktes, totenblasses Gesicht mit leicht nach oben gezogenen Augenbrauen und Wimpern. Die Wirkung wurde durch schwere Lidschatten noch erhöht. Sie trug enge Samthosen und einen dicken Pullover. Der Gegensatz zu der sachlichen, zurückhaltenden Claudia war verblüffend.

„Ich habe ein Buch gebracht, das ich Norma Restarick versprochen hatte", erklärte Mrs Oliver.

„Ach! Ein Jammer, dass sie noch auf dem Land ist."

„Ist sie denn nicht zurückgekommen?"

Es entstand eine merkbare Pause. Mrs Oliver hatte den Eindruck, dass die beiden Mädchen Blicke wechselten.

„Ich dachte, sie hat einen Job hier in London." Mrs Oliver bemühte sich um einen harmlos überraschten Tonfall.

„Das stimmt auch. Sie arbeitet bei einem Innenarchitekten. Und manchmal bringt sie Kollektionen und Musterstücke zu Kunden aufs Land." Claudia lächelte. „Wir leben hier sehr unabhängig. Jede kommt und geht, wie es ihr passt, und meistens hinterlassen wir nicht einmal eine Nachricht. Aber ich werde ihr sofort nach ihrer Rückkehr Ihr Buch geben."

Gegen eine so einleuchtende Erklärung war nichts einzuwenden.

Mrs Oliver erhob sich von ihrem Stuhl. „Haben Sie vielen Dank."

Claudia brachte sie zur Tür. „Ich werde meinem Vater erzählen, dass ich Sie kennen gelernt habe. Er liest leidenschaftlich gern Kriminalromane."

Sie schloss die Tür hinter Mrs Oliver und kehrte ins Wohnzimmer zurück. Frances lehnte am Fenster.

„Tut mir Leid, Claudia. Hab ich was vermasselt?"

„Ich hatte gerade gesagt, Norma wäre ausgegangen."

Frances zuckte die Achseln. „Das konnte ich nicht ahnen. Claudia, wo steckt sie nur? Warum ist sie am Montag nicht zurückgekommen? Wo ist sie hingegangen?"

„Wenn ich das wüsste!"

„Und sie ist bestimmt nicht bei ihren Eltern geblieben? Da war sie doch übers Wochenende."

„Nein. Ich hab extra dort angerufen."

„Na, es wird schon nichts los sein ... Aber trotzdem ist sie ziemlich verrückt, findest du nicht auch?"

„Ach, auch nicht verrückter als andere Leute." Aus Claudias Stimme sprach Unsicherheit.

„Doch, das ist sie eben", sagte Frances. „Manchmal macht sie mir richtig Angst. Sie ist nicht normal. Bestimmt nicht."

Plötzlich lachte sie. „Norma ist nicht normal! Und du weißt das auch ganz genau, Claudia, du willst es nur nicht zugeben. Du meinst, du musst zu deinem Chef halten, nicht wahr?"

4

Hercule Poirot schritt auf ein Haus zu mit einem merkwürdig ausgebuchteten Dachstuhl, der offenbar vor noch nicht allzu langer Zeit angebaut worden war. Das also war das Mekka, dem er entgegenwanderte! Er kam zu einem Tor mit dem Schild „Crosshedges". Der Garten war viel reizvoller als das Haus und musste einmal mit viel Sorgfalt und Liebe angelegt worden sein, obwohl er jetzt leicht verkommen aussah. Doch immer noch gab es glatte grüne Rasenflächen, eine Fülle von Blumenbeeten und sorgsam ausgewählte Strauchergruppen, die ihm einen parkartigen Charakter verleihen sollten. In der Nähe des Hauses stand eine Frau über eine Blumenrabatte gebeugt. Soweit Poirot erkennen konnte, band sie Rosen hoch. Ihr Kopf schien von einer goldenen Gloriole umgeben zu sein. Sie war groß, schlank und breitschultrig. Poirot öffnete das Tor und ging auf das Haus zu. Die Frau drehte den Kopf, richtete sich auf und sah ihm forschend entgegen.

Sie hielt immer noch ein paar Bastfäden in der linken Hand und blickte ihn verwirrt an. „Ja?"

Poirot zog mit fast südländischer Grandezza den Hut und verneigte sich. Ihre Augen ruhten voller Staunen auf seinem Schnurrbart.

„Mrs Restarick?"

„Ja. Ich ..."

„Ich hoffe, ich störe Sie nicht, Madame."

Ein leises Lächeln umspielte ihre Lippen. „Aber nein. Sind Sie ...?"

„Ich habe mir erlaubt, Ihnen einen Besuch abzustatten. Eine Freundin von mir, Mrs Ariadne Oliver ..."

„Natürlich. Ich weiß, wer Sie sind. Monsieur Poiret."

„Monsieur Poirot", verbesserte er, „Hercule Poirot. Ich war hier in der Gegend und erlaube mir daher, bei Ihnen in der Hoffnung vorzusprechen, dass ich Sir Roderick Horsefield meine Aufwartung machen darf."

„Ja. Naomi Lorrimer hat Sie bereits angekündigt."

„Hoffentlich komme ich nicht ungelegen?"

„Durchaus nicht. Ariadne Oliver ist letzte Woche

hier gewesen. Die Lorrimers haben sie mitgebracht. Ihre Bücher sind sehr amüsant, finden Sie nicht auch? Aber vielleicht mögen Sie keine Kriminalromane, da Sie doch selber Detektiv sind – ein richtiger, meine ich."

„Das bin ich in der Tat, Madame", sagte Hercule Poirot gravitätisch.

Er merkte, dass sie sich ein Lächeln verkniff, und betrachtete sie nun genauer. Auf eine etwas unnatürliche Art war sie hübsch. Das goldene Haar war kunstvoll frisiert. Es kam ihm vor, als sei sie sich ihrer selbst nicht ganz sicher und habe die Rolle der englischen Lady, die ihren Garten liebt, mühsam einstudiert. Er fragte sich, aus welcher Gesellschaftsschicht sie wohl stammen mochte.

„Sie haben einen wunderschönen Garten, Madame."

„Lieben Sie Gärten?"

„Nicht so wie ein Engländer. Für Sie bedeutet ein Garten mehr als für uns."

„Uns? Damit meinen Sie die Franzosen?"

„Ich bin kein Franzose, sondern Belgier."

„Richtig, jetzt erinnere ich mich. Bitte kommen Sie doch herein. Sie wollen ja meinen Onkel besuchen."

Sie führte ihn durch eine Terrassentür ins Haus.

„Ich habe Ihren Onkel 1944 flüchtig kennen gelernt."

„Der Arme ist sehr alt geworden und leider fast taub."

„Ja, es ist lange her, seit ich ihm begegnet bin. Wahrscheinlich hat er mich vergessen. Damals ging es um eine Spionageaffäre und um die Entwicklung einer bestimmten Erfindung. Diese Erfindung verdankten wir dem Genie Sir Rodericks. Ich hoffe, er wird mich empfangen."

„Oh, das wird er liebend gern tun. Er führt jetzt ein

ziemlich langweiliges Leben. Ich muss oft nach London – wir sind auf der Suche nach einem Haus.“ Sie seufzte leise. „Alte Menschen sind mitunter recht schwierig.“

„Ich weiß“, stimmte Poirot zu. „Ich bin auch oft sehr schwierig.“

Sie lachte. „Aber Monsieur Poirot, Sie sind doch nicht alt!“

„Manchmal sagt man mir das.“ Poirot wirkte niedergeschlagen. „Junge Mädchen sagen es mir“, fügte er bekümmert hinzu.

„Das ist sehr unliebenswürdig und nicht besonders höflich. Aber leider wäre eine solche Äußerung auch unserer Tochter zuzutrauen.“

„Ach, Sie haben eine Tochter?“

„Ja. Allerdings ist sie meine Stieftochter.“

„Es wird mir ein besonderes Vergnügen sein, sie kennen zu lernen“, erklärte Poirot höflich.

„Sie – sie ist leider nicht hier. Sie ist in London. Sie arbeitet dort.“

„Heutzutage haben alle jungen Mädchen einen Beruf.“

„Ja, anscheinend gehört es dazu. Selbst als Verheiratete sollen sie weiter ins Büro gehen oder Lehrerin spielen.“

„Und Sie, Madame? Wie steht es mit Ihnen?“

„Ich bin in Südafrika aufgewachsen und erst vor kurzem mit meinem Mann nach England gekommen. Für mich – ist hier alles noch sehr fremd.“

Mit einem Blick, dem nach Poirots Meinung jede Begeisterung fehlte, sah sie sich um. Das Zimmer war hübsch, aber konventionell möbliert und wirkte völlig unpersönlich – bis auf zwei große Porträts. Das eine zeigte eine schmallippige Frau im grauen Abendkleid, das an der gegenüberliegenden Wand einen energisch aussehenden Mann von etwa dreißig Jahren.

„Vermutlich findet Ihre Tochter das Landleben langweilig?“

„Ja, sie ist viel lieber in London. Hier gefällt's ihr nicht.“ Sie hielt plötzlich inne und sagte dann: „Und mich mag sie auch nicht.“

„Unmöglich!“, rief Poirot emphatisch.

„Wieso denn? Ich glaube, das kommt oft vor. Junge Mädchen finden sich wohl schwer mit einer Stiefmutter ab.“

„Hat Ihre Tochter ihre richtige Mutter so geliebt?“

„Offenbar. Sie ist schwierig – aber das sind wahrscheinlich die meisten jungen Mädchen.“

Poirot seufzte mitfühlend. „Mütter und Väter haben heutzutage so wenig Einfluss auf ihre Töchter. In der guten alten Zeit war das anders.“

„Ja, das kann man wohl sagen.“

„Ich wage kaum, es laut auszusprechen, Madame, aber ich muss Ihnen gestehen, wie bedauerlich ich die Wahllosigkeit finde, mit der sie sich ihre – ihre Freunde aussuchen.“

„In der Beziehung hat Norma ihrem Vater auch schon viel Kummer bereitet. Aber da hilft kein Jammern. Jeder muss seine eigenen Erfahrungen machen. So, nun will ich Sie zu Onkel Roddy bringen. Er wohnt oben.“

Sie ging vor. Poirot blickte über die Schulter zurück. Ein langweiliger Raum, von den Porträts abgesehen hatte er keine Spur von Atmosphäre. Dem Abendkleid nach mussten sie vor etlichen Jahren gemalt worden sein. Falls das die erste Mrs Restarick war, dachte Poirot, so hätte ich gern auf ihre Bekanntschaft verzichtet.

„Das sind ausgezeichnete Bilder, Madame", sagte er.

„Ja, Lansberger hat sie gemalt", entgegnete Mary Restarick, die vor ihm die Treppe hinaufschritt. „Sie sind gerade erst aus dem Möbellager gekommen und restauriert worden und ..."

Sie brach plötzlich ab, blieb stehen und hielt sich mit einer Hand am Geländer fest.

Auf dem Treppenabsatz über ihr war eine abenteuerliche Gestalt aufgetaucht, die an eine Maskerade erinnerte und keineswegs in dieses Haus passte.

In einer anderen Umgebung wäre sie Poirot vertrauter gewesen, auf den Straßen Londons zum Beispiel oder auf Partys. Es war ein Vertreter der jungen Generation. Er trug eine schwarze Jacke, eine reich verzierte Samtweste und hautenge Hosen; über seine Schultern wallten kastanienrote Locken. Er sah exotisch und überaus prächtig aus, und es dauerte einige Sekunden, bis man ihn einwandfrei als Mann identifiziert hatte.

„David!", rief Mary Restarick zornig. „Was hast du hier zu suchen?"

Der junge Mann geriet keineswegs aus dem Gleichgewicht. „Hab ich dich erschreckt? Entschuldige bitte."

„Was tust du hier? Du – bist doch nicht etwa mit Norma gekommen?"

„Norma? Nein. Ich hatte gedacht, sie wäre hier."

„Wieso hier? Was meinst du damit? Sie ist doch in London."

„Das, meine Liebe, ist sie eben nicht. Zumindest nicht in Apartment 67 der Borodene Mansions."

„Das versteh ich nicht. Wieso ist sie nicht in ihrer Wohnung?"

„Als sie nach dem Wochenende nicht wieder auftauchte, hab ich angenommen, sie wäre hier bei euch.

Und ich bin rausgekommen, weil ich wissen wollte, was sie treibt."

„Sie ist wie immer am Sonntagabend abgefahren." Ärgerlich fügte sie hinzu: „Warum hast du nicht geklingelt, wie sich das gehört? Und was schleichst du hier herum?"

„Na, hör mal, Liebling, glaubst du etwa, ich würde eure Löffel mitgehen lassen? Was ist denn dabei, wenn man am helllichten Tag ein Haus betritt? Was hast du dagegen?"

„Wir sind eben altmodisch und wünschen es nicht."

„Ach du liebe Güte." David stöhnte auf. „Was für ein Theater! Na, meine Liebe, wenn ich nicht willkommen bin und du offenbar nicht weißt, wo deine Stieftochter steckt, dann kann ich ja wieder verschwinden. Soll ich vorher noch meine Taschen umkrempeln?"

„Mach dich nicht lächerlich, David."

„Na, dann ciao." Der junge Mann ging an ihnen vorbei, winkte ihnen lässig zu und verließ das Haus durch die offene Tür.

„Ein fürchterlicher Kerl!", sagte Mrs Restarick mit einer solchen Härte und so viel Abscheu, dass Poirot erschrak. „Ich kann ihn nicht ausstehen. Er ist mir ein Graus. Warum wimmelt es eigentlich in England von derartigen Kreaturen?"

„Madame, lassen Sie sich doch davon nicht beunruhigen. Das ist eben gerade Mode. So etwas hat es schon immer gegeben. Auf dem Land sind sie selten, aber in London begegnen Sie diesen jungen Leuten überall."

„Schrecklich!", sagte Mary Restarick. „Unbeschreiblich! Sie wirken so weibisch und exotisch."

„Und trotzdem ähneln sie den Porträts von van Dyck, ist Ihnen das nie aufgefallen, Madame? In einem Goldrahmen und mit einem Spitzenkragen würden sie Ihnen weder weibisch noch exotisch vorkommen."

„Dass er es wagt, hier aufzukreuzen! Andrew wäre außer sich gewesen. Er macht sich schreckliche Sorgen. Und dabei kennt er Norma ja kaum. Er ist ins Ausland gegangen, als sie noch ein Kind war, und hat ihre Erziehung der Mutter überlassen. Jetzt ist sie für ihn ein Buch mit sieben Siegeln. Für mich übrigens auch. Ich weiß nicht, sie ist so eigenartig ... Und mit was für jungen Männern die Mädchen sich abgeben! Norma ist von diesem David Baker hingerissen. Dagegen ist man machtlos. Andrew hat ihm das Haus verboten, aber er spaziert ungeniert hier herum. Ich glaube, ich sage es Andrew lieber gar nicht. Sonst regt er sich nur noch mehr auf. Ich vermute, dass sie in London mit diesem Kerl rumzieht, und nicht nur mit ihm. Es gibt ja weitaus schlimmere Typen. Die Sorte, die sich nicht wäscht und nicht rasiert."

„Aber Madame, nehmen Sie es nicht zu tragisch! Solche Jugendtorheiten vergehen."

„Hoffentlich! Norma ist ein so schwieriges Mädchen. Manchmal hab ich das Gefühl, dass sie nicht normal ist. Sie ist so eigentümlich. Oft sieht sie aus, als wäre sie nicht ganz da. Und dann diese übertriebenen Aversionen ..."

„Aversionen?"

„Mich hasst sie. Sie hasst mich wirklich. Und das ist doch sinnlos. Sicher, sie wird ihre Mutter sehr geliebt haben, aber was ist denn dabei, wenn ihr Vater noch einmal heiratet?"

„Glauben Sie ernstlich, dass sie Sie hasst?"

„Das weiß ich. Den Beweis hab ich geliefert bekommen. Ich kann Ihnen nicht sagen, wie erleichtert ich war, als sie nach London gegangen ist. Ich wollte es nicht an die große Glocke hängen ..." Plötzlich verstummte sie. Jetzt erst schien sie zu merken, dass sie einem Fremden ihr Herz ausschüttete.

Sie lachte leise auf. „Warum erzähle ich Ihnen das eigentlich alles? Solche Probleme wird's wohl in jeder Familie geben. Und die böse Stiefmutter kommt ja schon im Märchen vor. So, da wären wir."

Sie klopfte an eine Tür.

„Herein. Herein", brüllte eine dröhnende Stimme.

„Du hast Besuch, Onkel Roddy." Mary Restarick führte Poirot in das Zimmer.

Ein breitschultriger, erregt aussehender älterer Mann mit einem quadratischen Schädel und rotem Gesicht kam ihnen entgegengestampft. Hinter ihm ordnete ein junges Mädchen an einem Tisch Briefe und Papiere. Sie hielt den schmalen, dunklen Kopf geneigt.

„Das ist Monsieur Hercule Poirot, Onkel Roddy."

Poirot schaltete sich liebenswürdig ein. „Oh, Sir Roderick, es ist so unendlich lange her, seit ich das Vergnügen hatte, Ihre Bekanntschaft zu machen. Es war noch im Krieg. Zum letzten Mal haben wir uns wohl in der Normandie getroffen. Colonel Race war dabei und General Abercromby und Air Marshal Sir Edmund Collingsby. Welch schwere Entscheidungen wir damals treffen mussten! Und die Kämpfe mit der Abwehr! Erinnern Sie sich noch an die Entlarvung des Geheimagenten, der uns so lange an der Nase herumgeführt hatte – Captain Henderson?"

„Ja, natürlich! Dieses verdammte Schwein!"

„An mich werden Sie sich vielleicht nicht mehr erinnern?"

„Selbstverständlich erinnere ich mich. Damals ging

es um Kopf und Kragen. Sie waren der französische Verbindungsmann, nicht wahr? Es war noch ein Franzose da, mit dem kam ich nicht zurecht – ich weiß nicht mehr, wie er hieß. Aber setzen Sie sich doch. Das waren noch Zeiten, was?"

„Ich hatte schon Angst, Sie könnten mich und meinen Kollegen, Monsieur Giraud, vergessen haben."

„Wo denken Sie hin?"

Das Mädchen stand auf und rückte Poirot höflich einen Stuhl zurecht.

„Recht so, Sonja, sehr gut", sagte Sir Roderick. „Darf ich Sie meiner reizenden kleinen Sekretärin vorstellen? Sie ist meine rechte Hand. Macht praktisch alles, legt Akten an, und ich weiß nicht, was ich ohne sie anfangen sollte."

Poirot verbeugte sich. „*Enchanté*, Mademoiselle", murmelte er. Auch das Mädchen murmelte etwas. Sie war eine zierliche kleine Person mit schwarzen wuscheligen Haaren. Sie wirkte recht schüchtern, hielt den Blick meistens bescheiden gesenkt, jetzt aber lächelte sie ihren Chef an, der ihr wohlwollend auf die Schulter klopfte.

„Weiß nicht, was ich ohne sie anfangen sollte", wiederholte er.

„Aber nein", protestierte sie. „Ich kann doch gar nichts, und ich tippe auch so langsam."

„Für mich schreiben Sie schnell genug, Kindchen. Außerdem sind Sie mein Gedächtnis – und meine Augen und Ohren und alles mögliche andere."

Sie lächelte ihn wieder an.

„Manchmal", murmelte Poirot, „fallen einem wieder all die alten Geschichten ein. Sicher, viele mögen übertrieben gewesen sein ... Zum Beispiel der Tag, an dem

Ihnen Ihr Wagen gestohlen wurde ..." Er ließ einen weitschweifigen Bericht folgen.

Sir Roderick strahlte. „Ha, ha, und ob ich das weiß! Bisschen übertrieben ist es schon. Aber so ähnlich war's. Ist ja toll, dass Sie das noch wissen! Passen Sie auf, ich habe eine viel bessere Geschichte für Sie." Und nun begann er eine lange Erzählung.

Poirot hörte zu und kargte nicht mit Beifall. Nach einer Weile sah er auf die Uhr und stand auf. „Ich darf Sie nicht länger aufhalten. Sie sind mitten in einer wichtigen Arbeit. Aber da ich gerade in der Nähe war, wollte ich Ihnen doch meine Aufwartung machen. Fabelhaft, wie Sie sich in den vielen Jahren Ihren Schwung und Ihre Lebensfreude bewahrt haben."

„Na ja, das mag stimmen, aber Sie dürfen mir nicht so viele Komplimente machen. Wollen Sie denn nicht zum Tee bleiben? Mary wird sich freuen." Er sah sich um. „Oh, sie ist weggegangen. Mary ist ein gutes Kind."

„Ja, und so hübsch! Sicher ist sie Ihnen schon seit Jahren eine große Hilfe."

„Sie ist noch nicht lange hier. Sie ist die zweite Frau meines Neffen. Um ehrlich zu sein, ich hab mir aus diesem Neffen nie viel gemacht. Andrew ist ein unruhiger Geist. Seinen älteren Bruder, Simon, mochte ich lieber. Sehr gut gekannt hab ich ihn allerdings auch nicht. Andrew hat seine erste Frau schlecht behandelt. Ist durchgebrannt und hat sie sitzen lassen. Wegen einer nichtsnutzigen Person, die einen miserablen Ruf hatte. Er hat einfach den Kopf verloren. Nach ein oder zwei Jahren war alles vorbei. Ein Dummkopf. Die jetzige Frau ist in Ordnung. Simon war da ganz anders – aber fürchterlich langweilig. Mir hat das gar nicht gepasst, als meine Schwester in die Familie geheiratet hat. Reich waren sie zwar – aber Geld ist nicht alles. Ich hab nie viel von den Restaricks gesehen."

„Ihr Neffe hat eine Tochter. Eine Freundin von mir hat sie kürzlich kennen gelernt."

„Ach, Norma. Ein dummes Gör. Zieht sich scheußlich an und hat einen widerwärtigen Knaben aufgegabelt. Leider sind sie heute ja alle gleich langmähnige Burschen, Beatniks, Beatles und wie sie heißen. Da komm ich nicht mehr mit. Kann ihr Kauderwelsch nicht verstehen. Aber wen interessiert das schon, was ein alter Mann darüber denkt. Sogar Mary – und ich hab immer geglaubt, die wäre noch vernünftig – stellt sich manchmal fürchterlich an. Wenn's um ihre Gesundheit geht, wird sie hysterisch. Sie müsste zur Beobachtung ins Krankenhaus! Was für ein Blödsinn! Möchten Sie was trinken? Whisky? Nein? Wollen Sie wirklich nicht zum Tee bleiben?"

„Danke, aber ich muss wieder zu meinen Freunden."

„Na, Ihr Besuch war mir eine große Freude. Es tut immer gut, mal von den alten Zeiten zu reden. Sonja, bitte bringen Sie Monsieur – tut mir Leid, jetzt ist mir doch Ihr Name wieder entfallen – ach ja, Poirot. Bringen Sie ihn zu Mary, ja?"

„Nein, nein." Poirot wehrte hastig ab. „Ich möchte Madame nun wirklich nicht mehr stören. Auf keinen Fall. Ich finde den Weg allein. Es war mir ein Vergnügen, Sie wieder zu sehen."

Er verließ das Zimmer.

„Hab nicht die leiseste Ahnung, wer das gewesen ist", sagte Sir Roderick, nachdem Poirot gegangen war.

„Sie wissen nicht, wer das war?" Sonja sah ihn verblüfft an.

„Ach, ich kenne die Hälfte der Leute nicht, die mich

besuchen. Natürlich muss man sie anpeilen. Das lernt sich mit der Zeit. Mach ich auf Gesellschaften auch so. Es ist schlecht, wenn man beinahe blind und taub ist. Wir haben uns damals, gegen Ende des Kriegs, mit einem Haufen Franzosen angebiedert. Kann mich kaum noch an einen erinnern. Aber der war bestimmt dabei. Der hat mich gekannt, und ich kannte die meisten Leute, von denen er gesprochen hat. Die Geschichte von dem gestohlenen Auto stimmte auch. War natürlich stark übertrieben. Na, ich glaube, er hat nicht gemerkt, dass ich mich nicht an ihn erinnert habe. Ein schlauer Fuchs, was? Aber ein typischer Franzose. Wie er tänzelt und sich windet und sich verbeugt und Kratzfüße macht, was? So, und wo waren wir stehen geblieben?"

Sonja reichte ihm einen Brief und schob ihm vorsichtig eine Brille hin, die er sofort energisch zurückwies. „Kann das verdammte Ding nicht leiden. So viel sehe ich noch." Er hielt den Brief dicht vor die Nase, kapitulierte aber bald und gab ihn ihr zurück.

„Vielleicht doch besser, wenn Sie's vorlesen."

Sie las ihm mit ihrer klaren, weichen Stimme vor.

5

Hercule Poirot blieb einen Augenblick im Treppenhaus stehen. Er legte den Kopf schräg und lauschte. Kein Geräusch drang zu ihm herauf. Er trat ans Fenster. Mary

Restarick war auf der Terrasse und machte sich wieder an die Gartenarbeit. Poirot nickte zufrieden und schlich durch den Flur. Er öffnete eine Tür nach der anderen: erst ein Bad, dann ein Wäscheschrank, ein unbenütztes Zimmer mit zwei Betten, dann ein von einer Frau bewohntes Einzelzimmer mit einem französischen Bett und einer Verbindungstür zum nächsten Raum. Vermutlich die Schlafzimmer von Mary und Andrew Restarick. Poirot ging auf die andere Seite des Treppenabsatzes. Zuerst kam ein Einzelzimmer, das momentan offenbar nicht bewohnt war, an den Wochenenden aber wohl bezogen wurde, denn auf dem Frisiertisch lagen Bürsten. Er horchte, schlich auf Zehenspitzen hinein und öffnete den Kleiderschrank. Es hingen einige Kleider darin, ländliche Garderobe.

Die Schreibtischplatte war leer. Er zog vorsichtig die Schubladen auf. Nichts als Krimskrams und ein paar Briefe, die aber älteren Datums waren und nichts Wichtiges enthielten. Er machte die Schubladen wieder zu, ging nach unten, verließ das Haus und verabschiedete sich von Mrs Restarick. Ihre Einladung zum Tee lehnte er ab. Er habe seinen Freunden versprochen, rechtzeitig zurückzukommen, da er am frühen Abend wieder nach London müsse.

„Soll ich Ihnen ein Taxi bestellen, oder kann ich Sie fahren?“

„Nein, Madame, besten Dank. Sie sind zu gütig.“

Poirot wanderte zum Dorf und bog bei der Kirche von der Straße ab. Er schritt über eine kleine Brücke. Gleich dahinter stand ein großer Wagen unter einer Buche. Der Chauffeur öffnete die Tür, Poirot stieg ein und zog aufseufzend die Lackschuhe aus. „Wir können jetzt zurückfahren“, sagte er.

Der Wagen setzte sich gemächlich in Bewegung. Der Anblick eines jungen Mannes, der Autostopp machen wollte, war so alltäglich, dass Poirot den bunt gekleideten Jüngling mit der wallenden Mähne kaum beachtete. Doch als sie an ihm vorbeikamen, setzte sich Hercule Poirot mit einem Ruck auf. „Halten Sie bitte hier an", sagte er zu dem Chauffeur. „Ja, und jetzt noch ein Stückchen weiter zurück ... Wir könnten den jungen Mann mitnehmen."

Der Chauffeur warf einen verblüfften Blick über die Schulter. Er traute seinen Ohren nicht. Aber da Poirot nickte, gehorchte er.

Der junge Mann namens David kam an die Tür. „Ich dachte schon, Sie würden mich stehen lassen", erklärte er munter. „Nett von Ihnen."

Er stieg ein, ließ ein kleines Bündel, das er über der Schulter getragen hatte, auf den Boden gleiten, glättete die kupferfarbenen Locken und sagte: „Sie haben mich also wieder erkannt."

„Oh, das liegt wohl eher an Ihrer auffallenden Kleidung."

„Finden Sie das auffallend? Wirklich? Meine Freunde und ich sind alle so angezogen."

„Die van-Dyck'sche Schule. Sehr kleidsam."

„Ach, darauf bin ich noch gar nicht gekommen. Aber Sie haben Recht."

„Sie sollten noch einen Kavaliershut und einen Spitzenkragen tragen, wenn ich mir diesen Vorschlag erlauben darf."

Der junge Mann lachte. „Na, ich glaube, so weit gehen wir doch nicht. Mrs Restarick kriegt schon zu viel, wenn sie mich bloß sieht. Ich erwidere ihre Gefühle übrigens aufs Herzlichste. Aus Restarick mache ich mir auch nichts. Wirtschaftsbosse sind sagenhaft unattraktiv, finden Sie nicht?“

„Das kommt auf den Standpunkt an. Sie haben ein Auge auf seine Tochter geworfen, wenn ich recht unterrichtet bin.“

„Wie reizend Sie das formulieren.“ David grinste. „Ein Auge auf die Tochter werfen. Warum nicht? Aber die Sache ist nicht ganz so einseitig, wie das klingt. Sie hat auch ein Auge auf mich geworfen.“

„Und wo ist Mademoiselle zur Zeit?“

David drehte sich zu ihm um. „Warum fragen Sie das?“

„Ich würde sie gern kennen lernen.“

„Ich kann mir kaum vorstellen, dass sie Ihr Typ ist, ebenso wenig wie ich übrigens. Norma ist in London.“

„Aber ihrer Stiefmutter haben Sie gesagt ...“

„Muss man einer Stiefmutter immer gleich alles sagen?“

„Und wo ist sie in London?“

„Sie arbeitet bei einem Innenausstatter in der King’s Road, in Chelsea. Ich komme im Moment nicht auf den Namen. Susan Phelps heißt die Besitzerin, glaube ich.“

„Aber dort wohnt sie nicht. Haben Sie ihre Adresse?“

„Ja. Warum interessiert Sie das so?“

„Es gibt viele Dinge, die einen interessieren können.“

„Was, zum Beispiel?“

„Na, der Grund, warum Sie heute in Restaricks Haus gegangen sind, heimlich, meine ich.“

„Ich gebe zu, dass ich durch die Hintertür gekommen bin.“

„Und was haben Sie im oberen Stock gesucht?“

„Das ist meine Sache. Ich möchte nicht unhöflich sein – aber sind Sie nicht reichlich neugierig?“

„Gewiss, ich lasse meiner Neugier die Zügel schießen. Ich würde gern genau wissen, wo die junge Dame sich aufhält.“

„Aha. Der liebe Andrew und die liebe Mary – der Teufel soll sie beide holen! – haben Sie angestellt. Stimmt, was? Die wollen sie finden?“

„Bisher wissen Sie meiner Meinung nach noch nicht, dass sie verschwunden ist.“

„Jemand muss Sie engagiert haben!“

„Ich gratuliere Ihnen zu Ihrem Scharfblick!“

„Ich wollte unbedingt herausbekommen, was Sie im Schilde führen. Deswegen hab ich Sie angehalten. Ich hoffte, ich könnte was aus Ihnen rausquetschen. Norma ist nämlich mein Mädchen. Aber das wissen Sie wohl schon?“

„Ich habe so etwas läuten hören“, sagte Poirot vorsichtig. „In dem Fall müssten Sie doch wissen, wo sie ist, Mr – oh, entschuldigen Sie, aber ich kenne nur Ihren Vornamen.“

„David Baker.“

„Mr Baker, sollten Sie vielleicht Streit gehabt haben?“

„Nein. Wie kommen Sie denn darauf?“

„Wann ist Miss Norma Restarick gewöhnlich nach London gefahren, am Sonntagabend oder am Montagmorgen?“

„Verschieden. Es gibt einen frühen Bus, mit dem man kurz nach zehn in London ist. Norma kommt dann etwas zu spät ins Geschäft. Aber meistens fährt sie schon am Sonntagabend.“

„Das hat sie auch diesmal gemacht, aber sie ist nicht in den Borodene Mansions angekommen.“

„Nach dem, was Claudia sagt, nein.“

„Diese Miss Reece-Holland – so heißt sie doch? –, war sie erstaunt oder besorgt?“

„Ja um Himmels willen, warum denn? Die drei kontrollieren sich doch nicht gegenseitig.“

„Aber Sie dachten, sie würde in die Wohnung zurückkommen?“

„Im Geschäft ist sie auch nicht aufgetaucht. Die waren sauer, kann ich Ihnen sagen.“

„Und Sie, Mr Baker, sind Sie beunruhigt?“

„Nein, natürlich ... na, ich weiß es einfach nicht. Ich sehe keinen Grund zur Aufregung, aber es sind immerhin schon ein paar Tage. Was haben wir heute, Donnerstag?“

„Sie hat sich bestimmt nicht mit Ihnen gezankt?“

„Nein. Wir zanken uns nie.“

„Trotzdem machen Sie sich Sorgen, Mr Baker?“

„Was geht Sie das an?“

„Gar nichts, aber ich weiß, dass es bei ihr zu Hause Ärger gegeben hat. Sie mag ihre Stiefmutter nicht.“

„Und das mit vollem Recht! Diese Frau ist ein Biest, ein eiskaltes Luder. Und sie mag Norma auch nicht.“

„Sie war krank, nicht wahr? Sie musste ins Krankenhaus.“

„Von wem sprechen Sie? Von Norma?“

„Nein, von Mrs Restarick.“

„Ich habe gehört, dass sie im Krankenhaus war. Keine Ahnung, warum. Die ist kerngesund, wenn Sie mich fragen.“

„Und Miss Restarick hasst ihre Stiefmutter.“

„Na, Norma ist manchmal ein bisschen überkandidelt. Man wird aus ihr nicht recht schlau. Aber zeigen Sie mir mal das Mädchen, das seine Stiefmutter nicht hasst.“

„Werden die Stiefmütter davon immer krank? So krank, dass sie ins Krankenhaus müssen? Das wäre ja wohl sehr unwahrscheinlich."

„Worauf wollen Sie eigentlich hinaus?"

„Vielleicht auf die Gartenarbeit, auf Pflanzenschutzmittel."

„Was heißt das? Wollen Sie damit sagen, dass Norma ... dass sie ..."

„Die Leute reden", sagte Poirot. „So was wird weitergetragen."

„Sie meinen, dass jemand behauptet, Norma hätte ihre Stiefmutter vergiften wollen? Das ist ja lächerlich. Das ist einfach Quatsch."

„Ich halte es auch für höchst unwahrscheinlich. Das ist übrigens auch nicht behauptet worden."

„Oh, Verzeihung, dann hab ich Sie missverstanden. Was meinen Sie denn nun?"

„Mein lieber junger Freund", sagte Poirot, „ich sprach von Gerüchten, und Gerüchte befassen sich fast immer mit der Schlüsselfigur – mit dem Ehemann."

„Was, der arme, alte Andrew? Nein, das glaub ich nicht."

„Ich halte es auch für unglaubwürdig."

„Und warum sind Sie dann dort gewesen? Sie sind doch Detektiv, oder?"

„Ja."

„Na, und?"

„Wir reden aneinander vorbei", sagte Poirot. „Ich bin nicht wegen einer dubiosen Giftgeschichte dort gewesen. Entschuldigen Sie bitte, wenn ich Ihre Frage nicht beantworte. Ich bin zu strengster Geheimhaltung verpflichtet."

„Nanu? Was soll denn das wieder?"

„Ich war dort, um Sir Roderick Horsefield zu sprechen."

„Was, den alten Knacker? Der ist doch plemplem, oder?"

„Nun, immerhin sind ihm viele Geheimsachen bekannt. Heute hat er mit diesen Dingen nicht mehr direkt zu tun, aber er weiß eine Menge. Im Krieg stand er mit allen möglichen berühmten Leuten in Verbindung."

„Das ist aber reichlich lange her."

„Jaja. Seine Rolle ist längst ausgespielt. Aber alte Leute erinnern sich oft nicht an das, was vor einer Woche, einem Monat oder einem Jahr geschehen ist, sondern an das, was vor zwanzig Jahren war. Und vielleicht erinnern sie sich an jemand, der nicht möchte, dass man sich seiner erinnert. Oder sie können Ihnen Einzelheiten aus dem Leben eines bestimmten Mannes oder einer bestimmten Frau erzählen. Ich muss so vage sprechen. Das verstehen Sie sicher? Ich brauchte Auskünfte von ihm."

„Auskünfte! Von dem alten Burschen? Der ist doch nicht bei Trost. Und der hat Ihnen was erzählt?"

„Sagen wir, ich bin recht zufrieden."

David starrte ihn groß an. „Jetzt möchte ich nur wissen, ob Sie in Wirklichkeit zu dem Alten gegangen sind oder zu der Kleinen. Na? Wollten Sie rausbekommen, was sie in dem Haus treibt? Darüber hab ich mir auch schon Gedanken gemacht. Glauben Sie, dass sie den Job angenommen hat, um den alten Knaben wegen früher auszuquetschen?"

„Ich halte es nicht für sinnvoll, dass wir dieses Thema weiter diskutieren", erklärte Poirot. „Auf mich wirkt sie wie eine sehr aufmerksame, anhängliche – Sekretärin."

„Das ist schon eher eine Mischung aus Krankenschwester, Sekretärin, Gesellschafterin, Haustochter und Austauschstudentin. Für das Mädchen kann man eine Menge Namen finden. Er ist völlig weg von ihr. Ist Ihnen das auch aufgefallen?“

„Das ist unter diesen Umständen nicht verwunderlich.“

„Aber es gibt jemand, der sie nicht ausstehen kann: unsere liebe Mary nämlich.“

„Und sie, mag sie Mary Restarick vielleicht auch nicht?“

„Das also ist es?“ David pfiff durch die Zähne. „Sonja hat was gegen Mary Restarick. Nehmen Sie etwa an, sie wollte an Ort und Stelle nach giftigen Pflanzenschutzmitteln fahnden? Das ist doch alles Quatsch ... Na, jedenfalls schönen Dank fürs Mitnehmen. Ich möchte hier aussteigen.“

„So? Sie sind schon da? Wir haben noch gut zwölf Kilometer bis London.“

„Ich steig hier aus. Auf Wiedersehen, Monsieur Poirot.“

„Auf Wiedersehen.“

Mrs Oliver wanderte unruhig in ihrem Wohnzimmer auf und ab. Vor einer guten Stunde hatte sie ein fertig korrigiertes Manuskript verpackt. Ihr Verleger wartete schon ungeduldig darauf und hatte sie deshalb alle drei Tage gemahnt.

„Da haben Sie's, und hoffentlich gefällt's Ihnen. Mir gefällt es nämlich nicht. Ich find's unter aller Kritik. Außerdem glaub ich nicht, dass Sie beurteilen können, ob das, was ich schreibe, gut oder schlecht ist. Bitte, ich habe Sie gewarnt. Ich habe Ihnen gesagt, dass es schandbar ist. Und Sie haben geantwortet: ‚Aber nein! Das nehme ich Ihnen einfach nicht ab.' Na, Sie werden's ja sehen", erklärte Mrs Oliver rachsüchtig. „Warten Sie's nur ab!"

Sie rief nach ihrem Mädchen Edith, gab ihr das Päckchen und schickte sie damit zur Post.

„So, und was fange ich nun mit mir an?", fragte Mrs Oliver und begann, wieder umherzuwandern. „Ja", murmelte sie, „ich könnte ..." Sie ging zum Telefon. „Ich werde nachsehen, Madam", sagte George, der an den Apparat kam. Gleich darauf ertönte eine andere Stimme. „Hercule Poirot. Was steht zu Diensten, Madame?"

„Wo waren Sie? Sie waren den ganzen Tag nicht zu erreichen. Vermutlich bei den Restaricks, was? Waren Sie bei Sir Roderick? Was haben Sie herausbekommen?"

„Nichts", antwortete Hercule Poirot.

„Wie langweilig!"

„Nein, ich finde das durchaus nicht langweilig. Es ist sogar erstaunlich, dass ich nichts herausbekommen habe."

„Wieso erstaunlich? Das verstehe ich nicht."

„Weil entweder nichts herauszubekommen ist", erklärte Poirot, „und das, meine ich, passt nicht zu den Tatsachen, oder aber: Irgendetwas wird geschickt verheimlicht. Und das ist zumindest interessant. Übrigens wusste Mrs Restarick nicht, dass das Mädchen verschwunden ist."

„Soll das heißen, dass sie nichts mit dem Verschwinden des Mädchens zu tun hat?"

„Es sieht so aus. Ich habe den jungen Mann dort getroffen."

„Den, den sie alle nicht ausstehen können?"

„Ja, den unerfreulichen Mann.“

„Finden Sie ihn auch unerfreulich?“

„Das Mädchen, das mich hier besucht hat, wäre bestimmt von ihm hingerissen.“

„Sah er schrecklich aus?“

„Er sah sehr schön aus“, sagte Hercule Poirot.

„Schön?“, wiederholte Mrs Oliver. „Ich hab von jeher was gegen schöne junge Männer.“

„Junge Mädchen aber nicht.“

„Da haben Sie Recht.“

„Übrigens scheint er nicht zu wissen, wo das Mädchen jetzt ist ...“

„Vielleicht wollte er es nur nicht verraten.“

„Vielleicht. Aber warum ist er dort hingefahren? Er war im Haus. Er wollte nicht gesehen werden. Aus welchem Grund? Hat er nach dem Mädchen gesucht oder wonach sonst?“

„Sie meinen, er hätte etwas gesucht?“

„Ja. Im Zimmer des Mädchens.“

„Woher wissen Sie das? Haben Sie ihn dort entdeckt?“

„Nein. Als ich ihn sah, kam er die Treppe herunter. Aber in Normas Zimmer war eine noch feuchte Lehmspur, die zu seinen Schuhen passte. Vielleicht hat sie ihn hingeschickt, um etwas für sie zu holen. Es gibt viele Möglichkeiten. Im Haus ist noch ein junges Mädchen – ein sehr hübsches sogar. Vielleicht wollte er die treffen.“

„Was wollen Sie denn jetzt tun?“, fragte Mrs Oliver.

„Nichts.“

„Sie sind langweilig“, rügte sie ihn.

„Vielleicht erfahre ich etwas von den Leuten, die für mich Recherchen angestellt haben; aber es ist durchaus möglich, dass dabei nichts herausgekommen ist.“

„Ja, wollen Sie denn nichts unternehmen?“

„Erst wenn der richtige Zeitpunkt da ist.“

„Na, ich werde jedenfalls etwas tun“, erklärte Mrs Oliver.

„Seien Sie bloß vorsichtig“, warnte er.

„Ach, das ist doch Unsinn. Was soll mir schon passieren?“

„Vergessen Sie nicht, dass es um einen Mord geht! Da kann immer was passieren. Ich sage Ihnen das, ich, Poirot.“

6

Mr Goby saß auf einem Stuhl: ein kleiner schmächtiger Mann, der vor lauter Unscheinbarkeit kaum vorhanden zu sein schien. Jetzt betrachtete er den Löwenfuß eines antiken Tisches und sprach mit ihm. Er wandte sich niemals direkt an sein Gegenüber.

„Gut, dass Sie Namen hatten, Mr Poirot. Sonst hätte es noch viel länger gedauert. Jetzt habe ich einige Tatsachen für Sie – und am Rande noch ein bisschen Klatsch, denn Klatsch ist nützlich. Soll ich mit den Borodene Mansions beginnen?“

Poirot nickte huldvoll.

„Gleich mehrere Portiers“, teilte Goby der Kaminuhr mit. „Mit denen habe ich angefangen. Zwei meiner jungen Leute haben das gemacht. Teuer, aber immer lohnend. Ich wollte nicht, dass es so aussah, als wäre eine bestimmte Person hinter Auskünften her. Soll ich Anfangsbuchstaben statt der Namen verwenden?"

„Hier, in diesem Zimmer, können Sie Namen nennen", sagte Poirot.

„Miss Claudia Reece-Holland gilt als besonders nett. Der Vater ist im Parlament. Ehrgeiziger Mann übrigens. Wird oft in der Presse erwähnt. Hat nur diese Tochter. Sie ist Sekretärin. Ein solides Mädchen. Keine wilden Partys, kein Alkohol, keine Beatniks. Wohnt mit zwei anderen Mädchen zusammen. Nummer zwei arbeitet in der Wedderburn-Galerie in der Bond Street. Macht auf künstlerisch. Ist ein Anhängsel vom Chelsea-Set. Reist für die Firma herum und arrangiert Kunstausstellungen. Die Dritte ist die, für die Sie sich interessieren. Wohnt noch nicht lange da. Gilt allgemein als – na, ‚unterbelichtet'. Nicht ganz richtig im Kopf. Aber das sind so Gerüchte. Einer von den Portiers ist ein Schwätzer. Wenn Sie dem einen Schnaps spendieren, werden Sie staunen, was Sie alles zu hören kriegen! Wer trinkt, und wer Rauschgift nimmt, und wer Ärger mit der Steuer hat, und wer sein Geld hinter dem Spülbecken aufhebt. Darf man natürlich nicht alles glauben. Immerhin: Es gibt da eine Geschichte von einem Revolverschuss, der nachts losgegangen ist."

„Ein Revolverschuss? Ist jemand verletzt worden?"

„Das scheint nicht ganz klar zu sein. Er erzählt es so: Er hat nachts einen Schuss gehört, ist rausgelaufen und findet *Ihr* Mädchen mit einem Revolver in der Hand. Sie wirkt wie betäubt. Und dann kommt eine von den anderen jungen Damen angerannt – nein, beide sogar. Miss Cary (das ist die künstlerische) sagt: ‚Norma, um Himmels willen, was hast du gemacht?', und Miss

Reece-Holland faucht sie an: ‚Halt doch den Mund, Frances. Bist du verrückt?‘ Und dann nimmt sie Ihrem Mädchen den Revolver weg und sagt: ‚Gib ihn mir!‘ Sie steckt ihn in die Handtasche und bemerkt jetzt erst den Portier Micky; sie geht zu ihm und fragt lachend: ‚Da haben Sie sich aber schön erschreckt, was?‘ Micky sagt, er hätte einen Mordsschrecken bekommen. Na, dann sagt sie: ‚Regen Sie sich nicht auf! Wir hatten keine Ahnung, dass das Ding geladen war. Wir haben damit rumgespielt.‘ Und sie fügt hinzu: ‚Wenn jemand fragen sollte, was los gewesen ist, sagen Sie einfach, es wär alles in Ordnung.‘ Als Nächstes ruft sie: ‚Komm, Norma‘, nimmt sie beim Arm, bugsiert sie in den Aufzug, und fort sind alle drei. Aber Micky hat dem Frieden nicht getraut. Er ist auf den Hof gegangen und hat sich umgesehen.“

Goby zitierte jetzt aus dem Notizbuch. „Ich sag Ihnen, ich hab auch was gefunden! Feuchte Flecken – und zwar Blut! Ich hab's auf dem Finger gehabt. Wissen Sie, was ich glaube? Sie hat auf jemand geschossen. Ein Mann ist fortgerannt ... Ich bin raufgegangen und hab nach Miss Reece-Holland gefragt. Zu der hab ich gesagt: ‚Ich glaub, Miss, dass jemand verletzt worden ist. Auf dem Hof sind Blutspuren.‘ – ‚Du liebe Güte‘, hat sie gesagt, ‚machen Sie sich doch nicht lächerlich! Das ist eine von den Tauben gewesen.‘ Und dann: ‚Tut mir Leid, dass Sie sich so erschreckt haben‘, und damit gibt sie mir einen Fünfpfundschein! Fünf Pfund, was sagen Sie dazu? Natürlich hab ich da den Mund gehalten ... Wenn Sie mich fragen, dann hat sie auf den Burschen geballert, der immer zu ihr kommt. Die haben bestimmt Krach gehabt, und sie hat ihn umlegen wollen. Aber ich halt mich da raus. Wenn mich einer fragt, sag ich, ich wüsste nicht, von was er redet.“ Goby machte eine Pause.

„Interessant“, meinte Poirot.

„Ja, aber das kann genauso alles erfunden sein. Außer ihm weiß anscheinend niemand was davon. Nur von einer Halbstarkenbande ist noch die Rede, die eines Abends auf dem Hof eine Rauferei gehabt haben soll – mit Schnappmessern und allem Drum und Dran.“

„Hm“, machte Poirot. „Daher könnte das Blut also auch stammen.“

„Vielleicht hat das Mädchen wirklich mit dem Burschen Krach bekommen und ihm mit dem Revolver gedroht. Und Micky hat’s gehört und den Rest frei erfunden. Es braucht ja nur ein Auto zur gleichen Zeit eine Fehlzündung gehabt zu haben.“

Poirot seufzte. „Eine einleuchtende Erklärung.“

Goby blätterte in seinem Notizbuch und wandte sich diesmal an einen elektrischen Heizofen. „Josuah Restarick, Ltd. Eine Familienfirma. Existiert seit über hundert Jahren. Hat einen guten Ruf. Finanziell gesund. Nichts Außergewöhnliches. 1850 von Josuah Restarick gegründet. Nach dem Ersten Weltkrieg hat sich das Auslandsgeschäft stark entwickelt, Südafrika, Westafrika und Australien. Simon und Andrew Restarick sind die Letzten der Familie. Simon, der ältere Bruder, ist vor etwa einem Jahr gestorben, keine Kinder. Seine Frau lebt nicht mehr. Andrew Restarick soll zwar sehr tüchtig gewesen sein, hat aber anscheinend kein Sitzfleisch gehabt. Zum Schluss ist er mit einer Frau durchgebrannt und hat seine Frau und Tochter – die war damals fünf – in England sitzen lassen. Er war in Südafrika, Kenia und allen möglichen anderen Gegenden. Die Ehe wurde nie geschieden. Seine Frau ist vor zwei Jahren gestorben. Sie war lange krank. Überall, wo er gewesen ist, hat er Geld gemacht, vorwiegend mit Schürfrechten für Erze. Und nach dem Tod des Bruders fand er es wohl an der Zeit, sesshaft zu werden. Er hatte wieder geheiratet und ist zurückgekommen, um sich um seine Tochter zu kümmern. Jetzt wohnen sie bei einem angeheirateten Onkel, Sir Roderick Horsefield. Aber das ist eine Übergangslösung. Seine Frau sucht in London nach einem Haus. Geld spielt keine Rolle. Darin schwimmen sie."

Poirot zuckte resigniert die Achseln. „Eine Erfolgsstory wie aus dem Bilderbuch ... Jeder macht Geld, jeder kommt aus einer guten Familie und ist angesehen. Alle haben sie vornehme Verwandte und einen erstklassigen geschäftlichen Ruf. Nur eine Wolke trübt den Himmel: ein Mädchen, das ‚unterbelichtet' sein soll. Sie hat einen zweifelhaften Freund, der schon mehrmals ‚Bewährung' bekommen hat. Es kann sehr gut sein, dass sie ihre Stiefmutter vergiften wollte, dass sie entweder unter Halluzinationen leidet oder ein Verbrechen begangen hat! Und wie soll das zu Ihrer Erfolgsstory passen? Wie?"

Goby nickte traurig vor sich hin und erklärte düster: „Das gibt es in jeder Familie."

„Diese Mrs Restarick ist noch jung. Vermutlich ist sie nicht die Frau, mit der er durchgebrannt ist?"

„Nein, nein. Die Sache ging schief. Es soll eine ziemlich üble Person gewesen sein, eine Abenteurerin. Keiner versteht, wie er auf sie reingefallen ist." Goby klappte das Notizbuch zu und sah fragend an Poirot vorbei. „Was kann ich noch für Sie tun?"

„Ich wüsste gern mehr über die verstorbene Mrs Andrew Restarick. Sie war leidend und oft in Sanatorien. In was für Sanatorien? Heilanstalten?"

„Ja, ich verstehe."
„Gab es Fälle von Geisteskrankheit in beiden Familien?"
Goby erhob sich. „Dann darf ich mich verabschieden, Sir."
Poirot blieb nachdenklich zurück. Es gab vieles, was er gern gewusst hätte. Schließlich rief er Mrs Oliver an. „Ich habe Sie gewarnt", sagte er, „und ich wiederhole: Nehmen Sie sich in Acht!"
„Wieso?", fragte Mrs Oliver.
„Weil ich glaube, dass jedem Gefahr droht, der sich in diese Sache einlässt. Mord liegt in der Luft, Madame! Ich möchte nicht, dass Sie das Opfer sind."
„Haben Sie denn inzwischen etwas erfahren?"
„Ja, ein paar Kleinigkeiten, Gerüchte, Klatsch ... Aber offenbar ist in den Borodene Mansions etwas geschehen."
„Und was?"
„Blutspuren auf dem Hof", sagte Poirot.
„Du liebe Zeit! Das klingt ja wie der Titel eines altmodischen Kriminalromans."
„Na, vielleicht war kein Blut auf dem Hof. Vielleicht hat sich das ein fantasiebegabter irischer Portier nur eingebildet."
„Wahrscheinlich ist eine Milchflasche umgefallen und ausgelaufen. Bei Nacht kann er das nicht erkennen", sagte Mrs Oliver.
„Was war nun eigentlich los?"
Poirot antwortete nicht auf die Frage. „Das Mädchen glaubte, vielleicht einen Mord begangen zu haben. Ob das der Mord war, an den sie dachte?"
„Wieso? Hat sie denn jemand erschossen?"
„Man kann allenfalls vermuten, dass sie auf jemand

geschossen, ihn dann aber verfehlt hat. Ein paar Tropfen Blut ... das war alles. Keine Leiche, kein Verletzter ..."

„Das ist alles so verworren", seufzte Mrs Oliver. „Oder würden Sie etwa glauben, einen Mord begangen zu haben, wenn der Betreffende noch aus dem Hof rennen kann?"

„C'est difficile." Damit beendete Poirot das Gespräch.

„Ich mache mir Sorgen", sagte Claudia Reece-Holland und schenkte sich eine zweite Tasse Kaffee ein. Frances Cary gähnte.

Die beiden Mädchen frühstückten gerade in der kleinen Küche der gemeinsamen Wohnung. Claudia war schon fix und fertig fürs Büro angezogen, Frances saß in Schlafanzug und Morgenrock am Tisch. Das schwarze lange Haar fiel ihr ins Gesicht.

„Ich mache mir Sorgen um Norma", fuhr Claudia fort.

Wieder gähnte Frances. „An deiner Stelle würde ich das bleiben lassen. Ich bin sicher, dass sie früher oder später anruft oder hier aufkreuzt."

„Glaubst du? Weißt du, Fran, ich denke immer ..."

„Warum machst du dir so viele Gedanken?" Frances goss sich Kaffee ein. Sie nippte daran. „Ich meine – na, was geht uns Norma eigentlich an? Wir sind doch weder als Leibwächter noch als Kindermädchen engagiert. Sie wohnt bei uns – weiter gar nichts. Bist du ihre Mutter? Ich würde mich nicht aufregen."

„Nein, *du* bestimmt nicht. Du regst dich nie über was auf. Aber für mich sieht die Sache anders aus."

„Wieso? Meinst du, weil du die Wohnungsinhaberin bist?"

„Nein. Trotzdem könnte man meine Lage prekär nennen.“

Frances gähnte schon wieder gewaltig. „Ich war gestern zu lange auf“, sagte sie. „Basils Party ist mir nicht bekommen. Hoffentlich hilft der schwarze Kaffee. Willst du noch welchen, ehe ich die Kanne leer habe? Basil hat uns seine neuen Pillen aufgedrängt. Smaragdträume? Ich weiß nicht, warum man immer wieder auf denselben Blödsinn reinfällt.“

„Du kommst zu spät in deine Galerie, Frances.“

„Na, wennschon. Da kümmert sich doch keiner drum. Übrigens hab ich gestern David getroffen. Er war toll angezogen und sah fantastisch aus.“

„Jetzt fang du nicht auch noch mit diesem David an, Fran! Er ist ein Schauerstück.“

„Ich weiß, dass du das findest. Du bist so altmodisch, Claudia.“

„Keineswegs. Aber deine Künstlertypen liegen mir eben nicht. Ihr mit euren ewigen Tabletten und euren Rauschzuständen, in denen es doch nur zu Schlägereien kommt!“

Frances grinste. „Ich bin nicht rauschgiftsüchtig, Claudia, nur neugierig. Und ein paar von den Leuten taugen was. Wenn David will, ist er ein guter Maler ...“

„Er will aber nicht sehr oft, wie?“

„Du hast immer was an ihm rumzumäkeln, Claudia ... Wenn er Norma besucht, stellst du dich auch so an. Dabei fällt mir die Sache mit dem Messer ein ...“

„Mit was für einem Messer?“

„Ich hab dauernd überlegt“, sagte Frances langsam, „ob ich's dir erzählen soll oder nicht.“

Claudia sah nervös auf die Uhr. „Ich habe keine Zeit mehr. Erzähl's mir heute Abend, wenn es wirklich wichtig ist. Jetzt bin ich auch nicht in der Stimmung ... Wenn ich nur wüsste, was ich tun soll."

„Immer noch wegen Norma?"

„Ja. Müssten wir nicht ihren Eltern Bescheid sagen, dass sie ..."

„Hältst du das für anständig? Arme Norma, warum soll sie nicht mal für ein paar Tage verschwinden, wenn sie Lust dazu hat?"

„Aber Norma ist doch nicht ganz ..." Claudia stockte.

„Allerdings ... sie ist nicht ganz zurechnungsfähig. Das hast du doch gemeint, oder? Hast du in dem schrecklichen Laden angerufen, in dem sie arbeitet? Natürlich – klar, jetzt erinnere ich mich."

„Wo ist sie nun?" fragte Claudia. „Hat David was gesagt?"

„Der weiß es offenbar auch nicht. Aber ich verstehe wirklich nicht, Claudia, warum du das so tragisch nimmst."

„Ich nehme es tragisch, weil ihr Vater zufällig mein Chef ist", sagte Claudia. „Wenn ihr nämlich irgendwas passiert ist, werden sie mich früher oder später fragen, warum ich nicht Laut gegeben habe, als sie am Montag nicht zurückkam."

„Ja, das ist möglich. Aber ich seh nicht ein, warum Norma uns Bescheid sagen sollte, wenn sie mal für ein paar Tage fortfährt. Wir haben schließlich kein Hotel. Und du bist nicht für sie verantwortlich."

„Nein, aber Mr Restarick hat ausdrücklich erklärt, was für eine Beruhigung es für ihn ist, dass sie hier bei uns wohnt."

„Und das veranlasst dich, jedes Mal ein großes Tamtam zu machen, wenn sie mal unentschuldigt abhaut? Vielleicht steckt ein neuer Mann dahinter."

„Dazu ist sie viel zu vernarrt in David. Sag mal, könnte sie sich bei ihm verstecken?“

„Ach, das glaube ich nicht. Er ist nämlich gar nicht so wild auf sie.“

„Das würde dir so passen. Du rennst ja selber hinter ihm her.“

„Keine Rede davon!“ Frances’ Stimme wurde hart.

„David muss Norma gern haben. Warum wäre er sonst hergekommen und hätte nach ihr gefragt?“

„Du hast ihn schnell genug an die Luft gesetzt. Im Übrigen nehme ich an, dass er in Wirklichkeit mich besuchen wollte.“

„Dumme Gans! Wegen Norma ist er gekommen.“

„Die spinnt doch.“

„Das glaube ich auch bald.“

„Ich weiß es. Jetzt erzähle ich’s dir doch, Claudia. Du musst es erfahren. Vor ein paar Tagen ist mir der Träger von meinem BH gerissen, und weil ich’s eilig hatte und weiß, dass du’s nicht gern hast, wenn man an deine Sachen geht ...“

„Das habe ich gar nicht gern!“

„Eben. Aber Norma ist es egal, oder sie merkt’s nicht. Na, ich hab in ihrer Schublade rumgewühlt, und da hab ich was gefunden: ein Messer.“

„Ein Messer? Was für ein Messer?“

„Erinnerst du dich an den Krawall auf dem Hof? Die Bande, die plötzlich auftauchte und eine Messerstecherei anfing? Und Norma ist unmittelbar danach erschienen.“

„Ja, ich erinnere mich.“

„Einer von den Jungen ist verletzt worden und davongerannt. Das hat mir ein Reporter erzählt. Und das Messer in Normas Schublade war so ein Schnappmesser.

Es war fleckig – das hätte getrocknetes Blut sein können."

„Frances! Mach's doch nicht so schrecklich dramatisch!"

„Hm. Ich bin überzeugt davon, dass es Blut war. Und kannst du mir vielleicht sagen, warum das Ding sonst in Normas Schublade versteckt sein sollte?"

„Kann sie es nicht – auf dem Hof gefunden haben?"

„Und dann versteckt sie es und sagt uns nichts davon?"

„Was hast du damit gemacht?"

„Ich hab's dort gelassen", sagte Frances langsam. „Ich – ich wusste nicht, wohin damit ... Ich war mir nicht klar, ob ich dir was sagen sollte oder nicht. Gestern hab ich noch mal nachgesehen. *Es ist nicht mehr da, Claudia.* Es ist verschwunden."

„Meinst du, dass sie David geschickt hat? Damit er es holt?"

„Könnte sein ... Aber eins sag ich dir, Claudia, in Zukunft schließe ich meine Tür nachts ab."

7

Mrs Oliver wachte schlecht gelaunt auf. Ein endloser, langweiliger Tag lag vor ihr, nachdem sie das Manuskript abgeschickt hatte. Sie pendelte ziellos durch die Wohnung, nahm hier etwas auf, stellte es dort wieder ab und zog schließlich die Schublade des Schreibtisches auf. Sie hatte viele Briefe zu beantworten, aber in dem augenblicklichen Hochgefühl, eine große Arbeit abgeschlossen zu haben, wollte sie sich nicht mit solchem Kleinkram abgeben.

Das Gespräch mit Hercule Poirot fiel ihr wieder ein. Sie dachte an seine Warnung. Lachhaft! Warum sollte sie sich eigentlich nicht auch um diese Sache kümmern, die sie beide so beschäftigte? Sollte Poirot doch auf seinem Stuhl sitzen, die Hände zusammenlegen und seine grauen Zellen rotieren lassen, während er selber sich nicht aus seinen vier Wänden fortbewegte! Für Ariadne Oliver war das nichts! Sie hatte ja auch gesagt, mit Nachdruck sogar, dass sie etwas unternehmen würde. Wo war Norma Restarick? Was tat sie?

Mrs Oliver wurde zusehends ruheloser. Sollte sie einen weiteren Besuch in den Borodene Mansions riskieren? Dort konnte sie noch am ehesten etwas Neues in Erfahrung bringen. Unterwegs bastelte sie sich eine Ausrede zurecht. Sehr originell war sie nicht, aber vielleicht war es gerade gut, wenn sie einen so alltäglichen, glaubhaften Grund anführte ...

Der Portier unterhielt sich mit einem Möbelwagenfahrer; ein Milchmann schob seinen Flaschenkarren vor sich her zum Lieferantenlift, neben dem Mrs Oliver stehen geblieben war. Die Flachen klirrten, und er pfiff fröhlich, während Mrs Oliver gedankenverloren den Möbelwagen anstarrte.

„Nummer 67 zieht aus“, erklärte der Mann, der Mrs Olivers abwesenden Blick missdeutete. Er hob einen Kasten mit Milchflaschen in den Lift.

„Dabei ist sie, genau genommen, längst ausgezogen“, fügte er hinzu, als er wieder aus dem Aufzug kam, und er zeigte mit dem Daumen in die Höhe. „Hat sich aus dem Fenster gestürzt – aus dem siebten Stock – war genau vor 'ner Woche. Um fünf Uhr früh! Komische Zeit für so was!“

So komisch fand Mrs Oliver das gar nicht.

„Warum?“

„Warum sie das getan hat? Das weiß kein Mensch. In einem Anfall von geistiger Umnachtung – heißt's ja dann immer.“

„Eine junge Frau?“

„Ach was, 'ne alte Schachtel. Mindestens fünfzig.“

Zwei Männer hievten eine Kommode in den Möbelwagen. Sie entglitt ihnen, und zwei Mahagonischubladen schlugen krachend auf die Erde. Ein Blatt Papier flatterte Mrs Oliver entgegen. Sie fing es auf.

„Immer feste druff, Charlie!“, rief der fröhliche Milchmann und verschwand mitsamt seinen Flaschen hinter der Lifttür.

Die Möbelpacker stritten sich. Mrs Oliver hielt ihnen das Papier hin, aber sie winkten unwillig ab.

Mrs Oliver, die zu einem Entschluss gekommen war, betrat das Gebäude und fuhr zum Apartment Nr. 67. Durch die Tür hörte sie etwas klirren, und gleich darauf öffnete ihr eine Frau in mittleren Jahren, die einen Mopp in der Hand hielt und offensichtlich beim Putzen war.

„Guten Morgen. Ist – ist eine von den jungen Damen da?“

„Nein, Madam. Leider. Sie sind alle fort.“

„Ja, natürlich ... Ich habe bei meinem letzten Besuch meinen Taschenkalender hier vergessen. Er muss irgendwo im Wohnzimmer sein ...“

„Bis jetzt habe ich keinen Kalender gefunden, Madam. Ich glaube wenigstens nicht. Wolln Sie nicht lieber selber nachsehen?“ Sie öffnete die Tür weit, stellte den Mopp fort und begleitete Mrs Oliver ins Wohnzimmer.

„Ach, da ist ja das Buch, das ich für Miss Restarick abgegeben habe, für Miss Norma. Ist sie wieder vom Land zurück?“

„Ich glaube, im Moment ist sie nicht da. Ihr Bett war nicht benützt. Wird wohl noch bei ihren Eltern sein. Ich weiß, dass sie zum Wochenende rausgefahren ist.“

„Ja, das kann schon sein“, sagte Mrs Oliver. „Das Buch da hatte ich ihr gebracht. Es ist eins von meinen.“

Mrs Olivers Bücher riefen bei der Putzfrau keinerlei Reaktionen hervor.

„Da habe ich gesessen.“ Mrs Oliver klopfte auf einen Sessel. „Ich glaube es wenigstens. Danach war ich am Fenster. Und dann wohl auf dem Sofa.“ Sie fasste eifrig unter die Kissen des Sessels. Die Putzfrau widmete sich bereitwillig den Sofakissen.

„Eine glatte Katastrophe, wenn man so was verliert“, sagte Mrs Oliver redselig. „Alle meine Verabredungen stehen drin. Ich weiß genau, dass ich heute jemand zum Lunch treffen soll, der für mich sehr wichtig ist. Aber ich komme einfach nicht drauf, wer es ist und wo wir uns verabredet haben!“

„Ja, so was ist schrecklich, Ma'am“, meinte die Putzfrau mitfühlend.

Mrs Oliver warf einen Blick in die Runde. „Hübsche Wohnungen sind das.“

„Bisschen hoch, finde ich.“

„Na, dafür hat man die schöne Aussicht.“

„Für mich geht nichts über 'ne Parterrewohnung. Wenn man Kinder hat, ist das viel praktischer. Und dann die hohen Mieten, die sie hier verlangen. Deswegen muss Miss Holland ja auch die zwei anderen Mädchen in die Wohnung nehmen."

„Ja, die kenne ich auch beide. Miss Cary ist Künstlerin, nicht wahr?"

„Sie arbeitet in 'ner Gemäldegalerie. Arbeit nennt sich so was! Sie malt selbst – Kühe und Bäume, bloß, dass man die nicht erkennen kann. Die ist vielleicht unordentlich! Wie das Zimmer aussieht! Aber bei Miss Holland – bei der ist immer alles picobello. Früher war sie Sekretärin bei der Kohlenbehörde, jetzt ist sie Privatsekretärin bei 'ner Firma in der City, bei 'nem schwerreichen Herrn, der gerade aus Südamerika oder so gekommen ist. Er ist der Vater von Miss Norma, und als die andere junge Dame geheiratet hat, hat er gefragt, ob Miss Holland sie nicht nehmen könnte. Na, da konnte sie ja nicht gut ablehnen, was? Wo er doch ihr Chef ist."

„Hätte sie denn gern abgelehnt?"

Die Frau schnaufte verächtlich. „Bestimmt, wenn sie das vorher gewusst hätte."

„Was denn gewusst hätte?" Die Frage war zu direkt gewesen.

„Oh, da möchte ich lieber nichts dazu gesagt haben, Ma'am. Mich geht's ja nichts an."

Mrs Oliver sah sie so sanft und fragend an, dass die Frau schließlich die Segel strich.

„Ach, nett ist sie schon, nur eben so konfus. Konfus sind die Mädchen heute ja alle, aber die müsste mal zum Arzt. Manchmal weiß sie nicht, wo sie ist oder was sie tut, so schlimm ist das mit ihr ... Dann sieht sie genau wie der Neffe von meinem Mann aus, wenn der 'nen Anfall hat. Und bei dem ist es oft schrecklich! Aber bei ihr sind das keine Anfälle. Vielleicht schluckt sie Pillen. Das tun ja viele heute."

„Soviel ich weiß, hat sie einen Freund, den ihre Eltern nicht mögen."

„Ja, das habe ich auch gehört. Er war sogar ein- oder zweimal hier – aber ich habe ihn nie gesehen. Miss Holland ist sehr dagegen – was soll sie machen? Die Mädchen lassen sich ja nichts sagen."

„Manchmal versteht man diese modernen Mädchen wirklich nicht mehr", sagte Mrs Oliver ernst und besorgt.

„Keine Erziehung! Daran liegt's, das kann ich Ihnen sagen."

„Da haben Sie wirklich Recht. So ein Mädchen wie Norma Restarick sollte zu Hause bei ihren Eltern sein und nicht allein in London leben und arbeiten."

„Die will aber nicht daheim bleiben."

„Ach?"

„Ja, wegen der Stiefmutter. Dabei muss die sich solche Mühe mit ihr gegeben haben. Sie hat diese unsoliden jungen Männer nicht ins Haus gelassen: Die weiß eben, was alles passieren kann, wenn ein Mädchen den Falschen erwischt. Manchmal bin ich froh, dass ich keine Töchter habe."

„Haben Sie denn Söhne?"

„Ja, zwei. Beides fleißige, tüchtige Jungen. Wissen Sie, Söhne können einem auch Sorgen machen, aber nichts gegen Mädchen! Bei Mädchen meint man immer, man müsste ihnen helfen können."

„Ja, das meint man", stimmte Mrs Oliver nachdenklich zu. Sie merkte, dass die Frau wieder an ihre Arbeit wollte.

„Zu dumm, dass ich den Kalender verloren habe. Vielen Dank jedenfalls. Hoffentlich habe ich Sie nicht aufgehalten."

„Na, Sie werden ihn schon wieder finden", sagte die Frau freundlich.

Auf dem Heimweg überlegte sich Mrs Oliver, was sie bei diesem Besuch an neuen Tatsachen erfahren hatte. Am wichtigsten erschien ihr, dass Claudia Reece-Holland die Sekretärin von Normas Vater war. Ob Hercule Poirot das wusste? Sie beschloss, diese Nachricht vorläufig für sich zu behalten. Denn in ihrem Kopf begann sich ein Schlachtplan für den nächsten Tag zu formen ...

Die Beobachtung der Büroräume von Josuah Restarick Ltd. war ein Fehlschlag gewesen, wie sich Mrs Oliver enttäuscht eingestand. Sie begann, an ihren kriminalistischen Fähigkeiten zu zweifeln, und wollte schon nach Hause fahren, als ihr einfiel, dass ein solides zweites Frühstück nichts schaden könnte. Beflügelt von dieser Aussicht, betrat sie das nächstgelegene Café und sah sich nach einem geeigneten Tisch um. Plötzlich hielt sie den Atem an. Da ... dicht an der Wand saß Norma einem jungen Mann mit langen, bis auf die Schulter fallenden rötlichen Locken gegenüber. Er trug eine rote Samtweste und ein extravagantes Jackett. Er und das Mädchen redeten lebhaft.

„David", flüsterte Mrs Oliver. „Das muss er sein."

Sie nickte zufrieden und marschierte auf eine Tür zu, auf der *DAMEN* stand. Sie war nicht sicher, ob Norma sie wieder erkennen würde oder nicht. Momentan war es zwar unwahrscheinlich, dass Norma den Blick auch nur eine Sekunde von David abwenden würde, aber möglich war es eben doch.

Mrs Oliver betrachtete sich in dem kleinen, mit Fliegendreck getüpfelten Spiegel der Damentoilette. Sie wusste aus Erfahrung, wie sehr die Frisur eine Frau verändern kann, und nach einem weiteren prüfenden Blick machte sie sich an die Arbeit. Erst entfernte sie die Haarnadeln, dann ganze Haarteile, die sie in ein Taschentuch packte und in der Handtasche verschwinden ließ. Darauf zog sie in der Mitte einen Scheitel, kämmte die Haare straff zurück und steckte sie in einem biederen Knoten im Nacken fest. Zuletzt setzte sie noch eine Brille auf. Jetzt sah sie wirklich äußerst gediegen aus! „Fast intellektuell!“, flüsterte sie anerkennend vor sich hin. Mit dem Lippenstift veränderte sie noch die Konturen des Mundes und kehrte dann ins Café zurück, wobei sie sich überaus vorsichtig bewegte, denn die Lesebrille ließ sie die Umwelt nur verschwommen erkennen. Der Tisch neben Norma und David war frei. Sie setzte sich so, dass sie David ins Gesicht sah und Norma ihr den Rücken zukehrte. Als die Kellnerin kam, bestellte Mrs Oliver eine Tasse Kaffee und Hefegebäck.

Norma und David beachteten sie mit keinem Blick. Sie waren in eine erhitzte Debatte verstrickt.

„... du bildest dir das ja bloß ein“, sagte David gerade. „Das sind doch Fantasien. Mein Gott, das ist doch alles Blödsinn.“

„Ich weiß nicht; ich weiß es wirklich nicht.“ Normas Stimme war merkwürdig tonlos.

Was war nur mit dem Mädchen los? Hatte sie Halluzinationen? War sie vielleicht doch nicht ganz richtig im Kopf, oder stimmte ihre Geschichte wirklich, und sie hatte dabei einen Schock bekommen?

„Meiner Meinung nach stellt Mary sich an! Sie ist ein saudummes Frauenzimmer, das sich lauter Krankheiten einbildet.“

„Aber sie war tatsächlich krank.“

„Na gut, dann war sie eben krank. Aber jede einigermaßen vernünftige Frau würde den Arzt holen und sich Antibiotika geben lassen, statt so einen Heckmeck zu machen."

„Sie glaubt, *ich* wäre schuld daran. Und mein Vater glaubt es auch."

„Ich sage dir doch, Norma, du bildest dir das ein."

„Ja, das sagst du, David. Um mich zu beruhigen. Aber wenn ich ihr nun wirklich Gift gegeben habe?"

„Was heißt das? Du musst doch wissen, was du getan hast, Norma. Du bist doch nicht verrückt."

„Ich weiß es nicht."

„Ach, das sagst du andauernd."

„Wenn ich's dir nur klarmachen könnte. Du hast ja keine Ahnung, was Hass ist. Ich habe sie vom ersten Augenblick an gehasst."

„Ich weiß. Das hast du mir erzählt."

„Siehst du, das ist es ja gerade. Ich hab's dir gesagt, und nicht einmal daran kann ich mich erinnern. Verstehst du das? Ich erzähle den Leuten etwas. Ich erzähle ihnen, was ich tun will, was ich getan habe, was ich tun werde. Und dann kann ich mich nicht erinnern, es ihnen erzählt zu haben. Es kommt mir so vor, als dächte ich das alles, nur dass ich es manchmal laut ausspreche, wenn mir jemand zuhört. Dir habe ich das doch auch schon erzählt, David?"

„Ach ... hm ..., nun lass uns nicht wieder damit anfangen!"

„Aber ich hab's dir gesagt, nicht wahr?"

„Ja, von mir aus! So was sagt doch jeder mal: ‚Ich hasse sie und möchte sie am liebsten umbringen.' Aber das sind doch Kindereien, Norma. Kapierst du das denn nicht? Kinder sagen so was alle naselang. Schon in der Schule, wenn sie einen Lehrer nicht leiden können."

„Meinst du, es wäre nur so gemeint gewesen? Aber – das klingt dann so, als wäre ich noch ein Kind ...“

„Na, in mancher Hinsicht bist du's auch. Nimm dich doch zusammen, und mach dir klar, wie dumm das alles ist! Was für eine Rolle spielt es denn, ob du sie hasst oder nicht? Du bist fort und hast nichts mehr mit ihr zu tun.“

„Aber warum soll ich denn nicht zu Hause mit meinem Vater zusammen wohnen können?“, fragte Norma. „Das ist so ungerecht! Erst geht er fort und lässt meine Mutter sitzen, und kaum entschließt er sich zur Rückkehr zu mir, muss er Mary heiraten. Natürlich hasse ich sie, und sie hasst mich. Immer wieder habe ich mir ausgemalt, dass ich sie umbringen würde. Und wie ich's anstelle. Aber dann ... wird sie tatsächlich krank ...“

Voller Unbehagen fragte David: „Du hältst dich doch nicht etwa für eine Hexe? Oder machst du Figürchen aus Wachs, die du mit Nadeln spickst, oder was Ähnliches?“

„Keine Spur. Ich habe wirklich etwas getan. *Wirklich.*“

„Hör mal, Norma, was meinst du eigentlich damit?“

„Die Flasche war in meiner Schublade. Ich habe sie gefunden.“

„Was für eine Flasche?“

„*Der Drachentöter. Unkrauttod.* Das stand auf dem Etikett. Das Zeug war in einer dunkelgrünen Flasche. Man sollte damit die Unkrautnester einsprühen. *Vorsicht! Gift!,* stand auch noch drauf.“

„Hast du's gekauft? Oder irgendwo weggenommen?“

„Ich weiß nicht, wie ich dazu gekommen bin. Es war einfach in meiner Schublade. Die Flasche war halb leer.“

„Und dann hast du dich erinnert ...“

„Ja“, sagte Norma mit träumerischer, unsicherer Stimme. „Ja – dann ist es mir wohl alles wieder eingefallen. Das meinst du doch auch, David?“

„Ich weiß nicht, was ich von dir halten soll, Norma. Ich begreife dich nicht. Ich glaube manchmal fast, du erfindest es und redest es dir selber ein.“

„Aber sie war doch im Krankenhaus. Zur Beobachtung. Und sie sind nicht dahinter gekommen, was es war. Und weil man nichts finden konnte, wurde sie entlassen – und prompt wurde sie wieder krank. Ich hab’s mit der Angst zu tun gekriegt. Mein Vater hat mich so komisch angesehen; dann kam der Arzt, und mit dem hat er sich in seinem Zimmer eingeschlossen. Ich bin ums Haus gerannt, habe mich unter dem Fenster versteckt und gelauscht. Sie wollten mich in eine geschlossene Anstalt schicken! Zur Behandlung ... Sie hielten mich für verrückt, David! Und ich habe Angst bekommen, weil ich ... weil ich nicht wusste, was – und ob ich etwas getan hatte.“

„Und da bist du durchgebrannt?“

„Nein – das war später ...“

„Was war da?“

„Ich kann nicht mehr drüber reden!“

„Du wirst ihnen sagen müssen, wo du bist ...“

„Nein! Nie! Ich hasse sie. Ich hasse meinen Vater genauso sehr wie Mary. Wenn sie doch beide tot wären! Dann – dann könnte ich vielleicht wieder glücklich werden.“

„Nun reg dich mal nicht so auf! Hör zu, Norma ...“ Fast verlegen verstummte er einen Augenblick. „Ich bin bestimmt nicht wild aufs Heiraten und all diesen Quatsch ... Ich ... das habe ich eigentlich nie gewollt –

oder erst viel später. Ich wollte mich nicht binden – aber jetzt meine ich doch, es wär das Gescheiteste, was wir tun können. Wir sollten wirklich heiraten. Auf dem Standesamt. Du musst behaupten, du wärst einundzwanzig. Vielleicht kannst du dir die Haare hochstecken und eine Brille aufsetzen, damit du älter aussiehst. Sobald wir verheiratet sind, ist dein Vater machtlos und kann dich nicht mehr in irgendeine Anstalt oder so was schicken."

„Ich hasse ihn."

„Du scheinst alle Menschen zu hassen, Norma."

„Nur meinen Vater und Mary."

„Was ist denn schon dabei, wenn ein Mann sich wieder verheiratet? Das ist doch ganz natürlich."

„Und was hat er meiner Mutter angetan?"

„Aber das muss doch Ewigkeiten her sein!"

„Ja, ich war noch ein Kind, aber ich erinnere mich genau. Er ist fortgegangen und hat uns allein gelassen. Weihnachten hat er mir Geschenke geschickt – aber gekommen ist er nie. Ich hätte ihn nicht wieder erkannt, wenn er mir nach seiner Rückkehr auf der Straße begegnet wäre. Da war er ein wildfremder Mann für mich. Ich glaube, meine Mutter hat er auch ins Irrenhaus sperren lassen. Sobald sie krank war, verschwand sie plötzlich. Wohin, weiß ich nicht. Keine Ahnung, was ihr gefehlt hat. Manchmal habe ich Angst, David ... Ich glaube, dass mit mir was nicht stimmt, und eines Tages wird was Schreckliches passieren. Wie die Sache mit dem Messer."

„Mit welchem Messer?"

„Ach, ist ja egal. Ein Messer eben."

„Wie wär's, wenn du mir sagst, worüber du eigentlich redest?"

„Ich glaube, es war Blut dran ... und es war unter meinen Strümpfen versteckt ..."

„Erinnerst du dich, es da versteckt zu haben?"

„Vielleicht. Aber ich weiß nicht, was ich *vorher* damit gemacht habe. Ich war – von dem Abend fehlt mir eine Stunde, eine ganze Stunde, und ich weiß nicht, wo ich gewesen bin. Ich bin irgendwo gewesen und habe was getan."

„Pst!", zischte er. Die Kellnerin kam zu ihrem Tisch. „Es kann dir nichts passieren. Ich werde auf dich aufpassen. Wir wollen noch was bestellen", sagte er laut zu der Kellnerin und griff nach der Speisekarte. „Zweimal Toast mit gebackenen Bohnen."

8

Hercule Poirot war gerade beim Diktat, als das Telefon klingelte. Miss Lemon griff nach dem Hörer. „Ja? Wer spricht bitte?" Sie deckte die Hand über die Muschel. „Mrs Oliver."

Etwas ungehalten über die Störung, meldete sich Poirot.

„Hallo, Monsieur Poirot, ich bin froh, dass ich Sie erreicht habe! Ich habe sie gefunden!"

„Wie bitte?"

„Ich habe das Mädchen gefunden. Ihre Besucherin, die glaubt, jemand ermordet zu haben, Sie wissen schon.

Und sie redet auch fortgesetzt davon. Für mich hat sie den Verstand verloren. Aber das ist jetzt egal. Kommen Sie schnell, und holen Sie sie!"

„Wo sind Sie, *chère* Madame?"

„Zwischen St. Paul's und dem Mermaid-Theater, in der Calthorpe Street", sagte Mrs Oliver und streckte plötzlich den Kopf aus der Telefonzelle, in der sie stand. „Können Sie sofort kommen? Die beiden sind in einem Restaurant."

„Die beiden?"

„Ja, sie und ihr Freund. Ich glaube wenigstens, dass er es ist. Dabei ist er recht nett und scheint sie gern zu haben. Unbegreiflich! Na ja, Menschen sind komisch. Aber ich will jetzt wieder zurück, bevor sie mir entwischen. Ich habe sie nämlich verfolgt und dann in dem Café gefunden."

„Ach? Wie tüchtig von Ihnen, Madame!"

„Nein, ganz so war es nicht. Ich bin zufällig in das Café gegangen, und da saß das Mädchen."

„Also hatten Sie Glück – das ist ebenso wichtig."

„Ich habe am Nebentisch gesessen, und sie kehrte mir den Rücken zu. Aber sie könnte mich sowieso nicht erkennen. Ich habe nämlich meine Frisur geändert. Jedenfalls reden sie so, als wären sie allein auf der Welt. Als sie noch was bestellt haben ..."

„... sind Sie aus dem Café gelaufen, um zu telefonieren?"

„Ja. Jetzt muss ich zurück. Oder ich könnte auch draußen warten. Kommen Sie bitte so schnell wie möglich!"

„Wie heißt das Café?"

„*The Merry Shamrock.* Ein ziemlich mieser Laden, aber der Kaffee ist gut."

„Wir machen lieber Schluss, Madame. Gehen Sie zurück. Ich werde mich beeilen."

„Ausgezeichnet", sagte Mrs Oliver und legte auf.

Die tüchtige Miss Lemon wartete auf der Straße neben einem Taxi. Es dauerte eine Weile, bis Poirot erschien, aber sie fragte nicht, was ihn aufgehalten hatte. Ein Blick in sein Gesicht belehrte sie, dass er in der Zwischenzeit nicht untätig und offenbar erfolgreich gewesen war.

Ecke Calthorpe Street stieg Poirot aus, zahlte und blickte sich suchend um. Er entdeckte zwar das Café, aber niemand, der einer noch so gut getarnten Mrs Oliver auch nur entfernt ähnlich sah. Er ging von einem Ende der Straße zum anderen: keine Mrs Oliver. Dann hatten die beiden also entweder das Café verlassen, und Mrs Oliver hatte die Verfolgung fortgesetzt, oder ... Um das Oder zu klären, betrat er das Café.

Sofort fiel sein Blick auf das Mädchen, das ihn beim Frühstück heimgesucht hatte. Sie saß allein an einem Tisch an der Wand. Sie rauchte eine Zigarette und starrte, in Gedanken versunken, vor sich hin. „Nein", überlegte Poirot, „von Gedanken kann nicht die Rede sein. Sie ist geistesabwesend; sie ist gar nicht da."

Er ging leise durch den Raum und setzte sich auf den Stuhl ihr gegenüber. Jetzt sah sie auf, und er hatte wenigstens die Genugtuung, dass sie ihn erkannte.

„So trifft man sich wieder, Mademoiselle", sagte er liebenswürdig. „Und Sie erkennen mich, nicht wahr?"

„Ja."

„Und woran, wenn ich fragen darf?"

„An Ihrem Schnurrbart", antwortete Norma prompt.

Poirot war sichtlich geschmeichelt. „Ja, Miss Restarick, Miss Norma Restarick, mein Schnurrbart ist in der Tat einmalig."

„Woher ... woher wissen Sie meinen Namen? Wer hat Ihnen gesagt, wie ich heiße?"

„Oh, ein Freund. Manchmal sind Freunde sehr nützlich."

„Wer war es?"

„Mademoiselle, Sie vertrauen mir Ihre Geheimnisse nicht an, und ich möchte Ihnen die meinen vorenthalten."

„Es ist mir ein Rätsel, wie Sie das herausbekommen haben!"

„Ich bin Hercule Poirot", sagte er großartig. Dann überließ er ihr die Initiative. Er schwieg und lächelte freundlich.

„Ich ... ich ... würde gern ..." Sie verstummte.

„Neulich sind wir nicht sehr weit gekommen", sagte Hercule Poirot. „Sie haben mir lediglich erzählt, Sie hätten einen Mord begangen."

„Ach, *das!*"

„Ja, Mademoiselle, *das.*"

„Aber – so habe ich das natürlich nicht gemeint. Das war ... das war doch nur ein Scherz."

„Wirklich? Sie haben mich sehr früh am Morgen aufgesucht und erklärt, es sei dringend, Sie müssten mich unbedingt sprechen, weil Sie einen Mord begangen haben könnten. Und das soll ein Scherz gewesen sein?"

Eine Kellnerin, die in der Nähe herumgeirrt war und Poirot nicht aus den Augen gelassen hatte, kam plötzlich an den Tisch und gab ihm etwas, das wie ein Papierschiffchen aussah.

„Kann das für Sie sein? Mr Poirot? Eine Dame hat es mir gegeben."

„Ja, das ist für mich. Vielen Dank.“ Poirot entfaltete das Schiffchen und strich das Papier glatt. Sie hatte mit Bleistift hastig gekritzelt: „Er geht. Sie bleibt noch. Ich überlasse sie Ihnen und folge ihm.“ Die Unterschrift lautete: Ariadne.

„Hm“, sagte Poirot, faltete das Blatt zusammen und steckte es in die Tasche. „Wovon haben wir eben gesprochen? Ach ja, über Ihre Auffassung von Humor, Miss Restarick.“

„Kennen Sie nur meinen Namen – oder wissen Sie mehr über mich?“

„Ein paar Tatsachen, weiter nichts. Sie sind Norma Restarick, Ihre Londoner Adresse ist Borodene Mansions, Apartment Nummer 67. Ihre Familie wohnt in Long Basing, das heißt Ihr Vater, Ihre Stiefmutter, ein Großonkel und – ja – eine kleine Ausländerin. Sie sehen, ich weiß recht gut Bescheid.“

„Sie haben mich beobachten lassen.“

„Aber nein“, wehrte Poirot ab. „Keine Rede davon. Ehrenwort.“

„Und Sie sind nicht von der Polizei?“

„Nein, ich bin nicht von der Polizei.“

Plötzlich gab sie nach. „Ich weiß nicht, was ich tun soll“, sagte sie.

„Ich möchte mich Ihnen nicht aufdrängen. Sie haben ja bereits festgestellt, dass ich zu alt sei. Vielleicht haben Sie damit Recht. Aber da ich Sie nun einmal kenne und einiges über Sie weiß, sehe ich nicht ein, warum wir uns nicht über Ihre Sorgen in aller Freundschaft unterhalten sollten. Alte Leute mögen vielleicht nicht mehr so aktiv sein, aber immerhin verfügen sie über Erfahrungen.“

Norma starrte ihn aus großen Augen unverwandt an.

Offenbar war sie am Ende ihrer Kräfte und musste sich einem Menschen anvertrauen.

„Alle halten mich für verrückt", sagte sie unvermittelt. „Und ich – ich glaub's auch. Ich bin verrückt."

„Das ist interessant", sagte Poirot munter. „Dafür gibt es viele verschiedene Bezeichnungen. Psychiater und Psychologen gebrauchen sie gern. Aber das, was Sie ‚verrückt' nennen, ist klar und allgemein verständlich. Also gut: Sie sind verrückt, oder Sie wirken verrückt, oder Sie glauben, verrückt zu sein, oder Sie *könnten* verrückt sein. Das will aber noch gar nichts heißen. Heutzutage kommt das häufig vor, und im Allgemeinen ist es leicht zu kurieren. Starke seelische Belastungen, Sorgen, Überarbeitung oder begründeter Hass auf den Vater oder die Mutter können die Ursache sein. Und natürlich Liebeskummer."

„Ich habe eine Stiefmutter, die ich hasse, und ich fürchte, ich hasse auch meinen Vater. Ein bisschen viel, was?"

„Fast alle Menschen hassen irgendjemand", sagte Poirot. „Und wahrscheinlich haben Sie Ihre Mutter sehr geliebt. Ist sie geschieden oder tot?"

„Sie ist vor über zwei Jahren gestorben."

„Und Sie hingen sehr an ihr?"

„Ja. Vermutlich. Nein, natürlich habe ich an ihr gehangen. Sie war leidend und musste oft in ein Sanatorium."

„Und Ihr Vater?"

„Mein Vater war lange im Ausland. Als ich fünf oder sechs war, ist er nach Südafrika gegangen. Ich glaube, er wollte sich scheiden lassen, aber Mutter hat nicht eingewilligt. Weihnachten hat er mir immer geschrieben und mir Geschenke geschickt. Das war alles, was ich von ihm gehört habe. Er – ich konnte ihn mir nie richtig vorstellen. Vor einem Jahr ist er zurückgekommen, weil er das Geschäft meines Onkels übernehmen musste. Und da – brachte er eine neue Frau mit."

„Dagegen hatten Sie etwas?"

„Ja."

„Aber da war Ihre Mutter doch schon tot. Es ist keineswegs ungewöhnlich, dass ein Mann zum zweiten Mal heiratet. Besonders, wenn er viele Jahre von seiner ersten Frau getrennt gelebt hat. Wollte er sich denn wegen seiner jetzigen Frau von Ihrer Mutter scheiden lassen?"

„Nein, die ist noch ziemlich jung. Sie sieht sehr gut aus, aber sie tut so, als gehöre ihr mein Vater!"

Nach einer Weile fuhr sie mit veränderter, fast kindlicher Stimme fort: „Ich hatte gedacht, dass er sich jetzt nach seiner Rückkehr mal um mich kümmern würde, dass er mich gern hätte ... aber das lässt sie nicht zu. Sie ist gegen mich. Sie hat mich rausgedrängt ..."

„In Ihrem Alter spielt das doch keine Rolle mehr. Im Gegenteil – es ist vielleicht sogar gut. Sie stehen auf eigenen Füßen, Sie können sich Ihre Freunde selber aussuchen ..."

„Sie kennen meine Eltern nicht, sonst würden Sie das nicht sagen! Vor allem, was die Wahl meiner Freunde betrifft."

„Fast alle Mädchen werden wegen ihrer Freunde kritisiert", erklärte Poirot.

„Ich darf gar nicht an früher denken." Norma seufzte. „Mein Vater ist ganz anders, als ich ihn in Erinnerung hatte. Damals hat er immer mit mir gespielt und war so lustig. Jetzt ist er gar nicht mehr lustig, sondern düster und schroff und – ach, eben ganz anders."

„Das muss auch fünfzehn Jahre her sein. In der Zeit ändern sich die Menschen."

„Ändern sie sich so sehr?"

„Ist er denn äußerlich auch verändert?"

„Nein, das nicht. Kein bisschen! Auf dem Bild, das hinter seinem Stuhl hängt, sieht er genauso aus wie heute, bloß jünger natürlich. Aber ich habe ihn eben anders in Erinnerung gehabt."

„Ach, wissen Sie, mein Kind", sagte Poirot behutsam, „die Menschen sind nie so, wie man sie in Erinnerung hat. Im Laufe der Jahre formt man sie immer mehr nach den eigenen Wünschen um, und schließlich werden sie so, wie man sich an sie erinnern möchte. Man macht sie besser, als sie es je waren."

„Glauben Sie? Glauben Sie das wirklich?" Nach einer Pause fragte sie plötzlich: „Aber aus welchem Grund könnte ich, Ihrer Meinung nach, jemand umbringen wollen?" Es klang völlig natürlich. „Jetzt sind wir endlich an einem entscheidenden Punkt angelangt", dachte Poirot.

„Eine interessante Frage", entgegnete er, „und der Grund kann auch sehr interessant sein. Aber eine Antwort wird Ihnen darauf wohl nur ein Arzt geben können. Ein sehr guter Arzt."

Sie reagierte sofort. „Ich gehe zu keinem Arzt. Mich bringen Sie zu keinem Arzt! Die anderen wollten mich auch zu einem Arzt schicken, und dann wäre ich in eine Anstalt gekommen und für immer eingesperrt worden. Dazu kriegen Sie mich nie!" Sie war auf dem Sprung, aufzustehen und fortzulaufen.

„Das liegt auch weder in meiner Absicht noch in meiner Macht. Wenn Sie wollen, können Sie freiwillig einen Arzt aufsuchen. Sie können hingehen und ihm das sagen, was Sie mir erzählt haben, und ihn nach dem Grund fragen. Vielleicht kann er ihn Ihnen nennen."

„Das hat David auch gesagt. David sagt auch, ich sollte es tun, aber ich glaube nicht, dass er – es wirklich versteht. Ich müsste dem Arzt sagen, dass ich vielleicht etwas getan habe ..."

„Und warum vermuten Sie das?"

„Weil ich mich oft nicht erinnern kann, was ich getan habe – oder wo ich gewesen bin. Eine Stunde fehlt plötzlich, manchmal zwei – und ich weiß nichts mehr. Einmal war ich auf einem Flur – auf einem Flur vor einer Tür, vor ihrer Tür! Ich hielt etwas in der Hand – und ich weiß nicht, woher ich es hatte. Sie kam auf mich zu ... Aber als sie dicht vor mir war – veränderte sich ihr Gesicht. Sie war es gar nicht mehr. Es war jemand anders."

„Kann es nicht ein Albtraum sein, an den Sie sich erinnern? In Träumen wechseln die Menschen plötzlich die Gestalt."

„Es war kein Albtraum. Ich habe den Revolver aufgehoben ... Er lag vor meinen Füßen ..."

„War das auf dem Korridor?"

„Nein, auf dem Hof. Sie hat ihn mir abgenommen ..."

„Wer?"

„Claudia. Sie hat mich nach oben gebracht und mir was Bitteres zu trinken gegeben."

„Und wo war Ihre Stiefmutter?"

„Die war auch da. Nein, das stimmt nicht. Sie war zu Hause in Long Basing ... Oder im Krankenhaus. Dort haben sie die Vergiftungserscheinungen festgestellt – und dass ich es war."

„Warum Sie? Es hätte auch jemand anders sein können."

„Ja, aber wer?“

„Na – zum Beispiel ihr Mann.“

„Vater? Wieso sollte Vater ausgerechnet Mary vergiften wollen? Er vergöttert sie.“

„Es wohnen ja noch mehr Leute im Haus, nicht wahr?“

„Der alte Onkel Roderick? Das ist doch Quatsch!“

„Das kann man nicht wissen“, sagte Poirot. „Vielleicht ist er geisteskrank. Vielleicht hält er es für seine Pflicht, eine schöne Frau zu vergiften, weil sie eine Spionin sein könnte. So was ist möglich.“

Norma wurde vorübergehend abgelenkt und sprach jetzt völlig natürlich. „So schrecklich abwegig wäre das nicht mal. Onkel Roderick hat im letzten Krieg wirklich viel mit Spionage zu tun gehabt. Aber wer könnte noch in Frage kommen? Höchstens Sonja. Die könnte am ehesten Ihre schöne Spionin sein, aber ich kann's mir nicht vorstellen.“

„Nein, ich auch nicht. Und warum sollte sie ausgerechnet Ihre Stiefmutter vergiften wollen? Wie steht's mit den Dienstboten, den Gärtnern?“

„Von denen wohnt doch keiner im Haus. Ich glaube nicht ... nein, was für einen Grund sollten sie haben?“

„Sie könnte es vielleicht selbst getan haben.“

„Um Selbstmord zu begehen? Meinen Sie das? So wie die andere?“

„Das wäre eine Möglichkeit.“

„Nein, nicht bei Mary. Sie ist viel zu vernünftig. Und warum auch?“

„Ja, bei ihr kann man sich höchstens vorstellen, dass sie den Kopf in den Gasbackofen steckt oder sich hübsch arrangiert ins Bett legt und eine Überdosis Schlaftabletten schluckt. Geht Ihnen das auch so?“

„Ja, zumindest würde es besser zu ihr passen.“ Norma wurde ernst. „Sie sehen ja, *ich muss es gewesen sein.*“

„Aha. Das ist interessant. Es scheint fast, als gefiele Ihnen die Idee, dass Sie es gewesen sein müssen. Der Gedanke übt eine Anziehungskraft auf Sie aus; Sie möchten die Hand im Spiel gehabt haben.“

„Wie können Sie das behaupten! Wie kommen Sie dazu?“

„*Weil ich glaube, dass es so ist.* Warum gefällt Ihnen die Idee so gut, einen Mord begangen zu haben?“

„Das tut sie nicht!“

„Ich bin nicht so sicher“, sagte Poirot.

Sie griff nach der Handtasche und suchte mit zitternden Fingern darin herum. „Ich will mir das nicht länger anhören müssen.“ Sie winkte der Kellnerin, die die Rechnung auf einen Block schrieb, den Zettel abriss und ihn neben Norma legte.

„Erlauben Sie.“ Poirot nahm den Zettel an sich und zog die Brieftasche heraus. Das Mädchen entriss ihm die Rechnung wieder. „Nein. Ich bezahle selbst!“

„Bitte sehr“, sagte Poirot, der gesehen hatte, was er sehen wollte. Die Rechnung war für zwei Personen. Der schöne David hatte also nichts dagegen, dass eine Anbeterin für ihn bezahlte.

„Ach, dann haben Sie ihn also freigehalten, soso.“

„Woher wissen Sie, dass ich mit jemand zusammen war?“

„Ich sagte Ihnen ja schon, dass ich sehr viel weiß.“

Sie legte Geldstücke auf den Tisch und stand auf. „Ich gehe jetzt, und ich verbiete Ihnen, mir zu folgen!“

„Oh, ich glaube, das wird mir kaum möglich sein.“ Poirot lächelte. „Bedenken Sie mein Alter! Wenn Sie durch die Straßen rennen, komme ich bestimmt nicht mehr hinterher."

Sie schritt auf die Tür zu. „Hören Sie? Sie sollen mir nicht folgen!"

„Vielleicht erlauben Sie mir wenigstens, Ihnen die Tür zu öffnen." Er riss sie mit Grandezza vor ihr auf. „*Au revoir*, Mademoiselle."

Sie sah ihn noch einmal argwöhnisch an, dann schritt sie schnell davon und warf von Zeit zu Zeit einen Blick über die Schulter. Poirot blieb auf der Türschwelle stehen, machte aber keine Anstalten, ihr zu folgen. Als sie außer Sicht war, kehrte er ins Café zurück.

Die Kellnerin kam ihm schon missgelaunt entgegen. Er setzte sich wieder an den Tisch und bestellte eine Tasse Kaffee, um sie zu besänftigen. „Merkwürdig", murmelte er vor sich hin, „ja, das ist sehr, sehr merkwürdig."

Eine Tasse mit blassem hellbraunem Inhalt wurde vor ihn hingestellt. Er nahm einen Schluck und schnitt eine Grimasse.

Er hätte zu gern gewusst, wo sich Mrs Oliver gerade befand.

9

Mrs Oliver saß in einem Bus, etwas außer Atem, sonst aber von ungebrochenem Jagdfieber erfüllt. Der Pfau, wie sie ihn insgeheim nannte, hatte sie ganz schön auf Trab gehalten. Auf dem Embankment musste sie in etwa zwanzig Meter Abstand hinter ihm herhasten. In Charing Cross nahm er die U-Bahn. Mrs Oliver ebenfalls. Er fuhr bis Sloane Square. Mrs Oliver auch. In der Schlange an der Bushaltestelle wartete sie hinter ihm. Er stieg in World's End aus. Mrs Oliver tat es ihm nach. Dann tauchte er in ein unübersichtliches Gewirr kleiner Straßen zwischen der King's Road und der Themse. Er bog in einen Hof ein, der zu einer Baufirma zu gehören schien. Mrs Oliver beobachtete ihn von einem Hauseingang. Er verschwand hinter einem Torbogen. Mrs Oliver gab ihm einige Sekunden Vorsprung und folgte dann – er war von der Bildfläche verschwunden.

Sie machte sich auf die Suche und verlor bald jeden Orientierungssinn. Plötzlich fand sie sich wieder auf dem Hof der Baufirma und schreckte zusammen, als hinter ihr eine höfliche Stimme sagte: „Hoffentlich bin ich nicht zu schnell für Sie gegangen?"

Sie fuhr herum. Da stand er – eine drohende Gestalt mit starken, grausamen Händen ... Sie wusste genau, dass er erwog, ob er diese Hände gebrauchen sollte ... Der Pfau! Ein eitler Pfau in Samt und eleganten schwarzen, engen Hosen, mit einer leisen, ironischen Stimme, in der verborgener Zorn mitschwang ... Mrs Oliver holte hastig ein paar Mal Luft, fasste blitzschnell einen Entschluss und ging zur Verteidigung über. Sie ließ sich entschlossen auf einer Mülltone nieder, die unmittelbar neben ihr an der Mauer lehnte.

„Meine Güte, haben Sie mich erschreckt!“, sagte sie atemlos. „Ich habe Sie überhaupt nicht gesehen. Hoffentlich sind Sie mir nicht böse.“

„Dann sind Sie mir also gefolgt?“

„Ja, leider. Sicher bin ich Ihnen sehr lästig geworden, aber wissen Sie, es war eine so günstige Gelegenheit! Sie ärgern sich bestimmt furchtbar über mich, aber das brauchen Sie nicht, wirklich nicht. Wissen Sie –“, Mrs Oliver setzte sich bequemer auf der Mülltone zurecht, „wissen Sie, ich schreibe nämlich Bücher, Kriminalromane. Heute Morgen war ich an einem toten Punkt angelangt und habe mich in ein Café gesetzt, um mir was auszuknobeln. Ich bin nämlich gerade an einer Stelle, wo ich jemand beschatte. Nicht ich natürlich, sondern mein Held. Und dabei ging mir auf, dass ich gar nicht weiß, wie man das eigentlich macht. Ich müsste es eben mal selbst ausprobieren, dachte ich mir, denn wenn man etwas nicht kennt, kann man es auch nicht beschreiben. Und in dem Augenblick habe ich Sie in dem Café am Nebentisch entdeckt, und ich fand – jetzt dürfen Sie mir aber nicht schon wieder böse sein! –, dass Sie sich besonders gut für eine Beschattung eignen müssten.“

Immer noch starrte er sie aus diesen merkwürdig kalten blauen Augen an, aber sie spürte, dass die Wut verraucht war.

„Warum bin ich besonders gut geeignet?“

„Weil Sie so dekorativ sind“, erklärte Mrs Oliver treuherzig. „Sie sind so hübsch angezogen – fast stilechtes Regency. Und Sie sind so leicht von den anderen zu unterscheiden, deswegen dachte ich, dass es bei

Ihnen leichter sein würde, und deswegen bin ich Ihnen auch nachgegangen, als Sie das Café verließen. Aber es war gar nicht so einfach. Sagen Sie, haben Sie die ganze Zeit gewusst, dass ich hinter Ihnen herrannte?"

„Nein, nicht gleich."

„Aha", sagte Mrs Oliver nachdenklich. „Aber ich bin ja auch viel weniger auffällig. Ich meine, für Sie sehe ich wie alle anderen älteren Frauen aus. Ich bin doch unauffällig, nicht wahr?"

„Schreiben Sie Bücher, die auch gedruckt werden? Kann ich was von Ihnen gelesen haben?"

„Das weiß ich nicht. Vielleicht. Ich habe bisher dreiundvierzig geschrieben. Ich heiße Oliver."

„Ariadne Oliver?"

„Dann kennen Sie also meinen Namen. Das ist ja sehr schmeichelhaft, allerdings kann ich mir vorstellen, dass Sie nichts mit meinen Büchern anfangen können. Sicher sind sie Ihnen zu altmodisch – zu wenig brutal."

„Und Sie wussten vorher bestimmt nicht, wer ich bin?"

Mrs Oliver schüttelte den Kopf. „Nein, bestimmt nicht."

„Wie steht's mit dem Mädchen, mit dem ich zusammensaß?"

„Meinen Sie die, mit der Sie – was war's denn? – ach ja, gebackene Bohnen gegessen haben? Nein, ich glaube nicht. Aber ich habe sie nur von hinten gesehen. Mir kam sie ... na, ich finde, die Mädchen gleichen sich heute alle, stimmt's nicht?"

„Sie hat Sie aber gekannt", sagte er, plötzlich wieder beißend scharf. „Sie hat gesagt, sie hätte Sie erst kürzlich kennen gelernt. Vor ungefähr einer Woche."

„Wo denn? Auf einer Gesellschaft? Das könnte gut

sein. Wie heißt sie denn? Vielleicht sagt mir der Name was."

Zunächst schwankte er, und als er sich entschieden hatte, beobachtete er sie genau. „Sie heißt Norma Restarick."

„Norma Restarick. Natürlich, ja. Auf dem Land, bei einer Cocktailparty! Warten Sie mal, das Dorf heißt Long Norton. Kann das sein? Ich war mit Freunden da. Aber ich glaube nicht, dass ich sie wieder erkannt hätte. Ich erinnere mich nur, dass wir über meine Bücher gesprochen haben. Ich wollte ihr sogar eins leihen. Merkwürdig, dass ich ausgerechnet jemand beschatte, der mit jemand zusammensitzt, den ich flüchtig kenne! So ein Zufall! Aber für meinen neuen Roman kann ich das nicht verwenden, das nimmt mir kein Mensch ab, finden Sie nicht auch?"

Mrs Oliver erhob sich. „Du lieber Himmel! Eine Mülltonne! Und da habe ich drauf gesessen! Und wie die riecht! Sagen Sie, wo sind wir hier eigentlich?"

David sah sie an. „Wie absurd", dachte sie. „Wie bin ich nur draufgekommen, dass er gefährlich ist und mir etwas tun könnte?" David lächelte sie sehr charmant an. Er bewegte leicht den Kopf, und die kastanienfarbenen Locken fielen ihm über die Schultern.

„Wenigstens kann ich Ihnen zeigen, wohin Sie Ihre Verfolgungsjagd geführt hat", sagte er. „Kommen Sie mit. Wir müssen hier die Treppe hinauf." Er wies auf eine Holztreppe, die auf einen Dachboden zu führen schien.

„Dahinauf?", fragte Mrs Oliver unsicher. Vielleicht wollte er sie nur nach oben locken, um ihr dann eins über den Kopf zu geben. „Hält die Treppe mein Gewicht aus? Sie wirkt so morsch."

„Die ist ganz stabil“, sagte er. „Darf ich vorangehen?“

Mrs Oliver kletterte hinter ihm die steilen Stufen empor. Oben öffnete er eine Tür, die in einen großen, kahlen Raum führte, eine Art Atelier. Matratzen lagen auf der Erde, Staffeleien standen herum, Bilder waren aufgestapelt. Es roch durchdringend nach Farbe. An einer Staffelei malte ein bärtiger junger Mann. Als sie hereinkamen, drehte er sich um.

„Na, David, bringst du Besuch mit?“

Noch nie hatte Mrs Oliver einen so schmutzigen jungen Mann gesehen. Öliges schwarzes Haar hing ihm in Strähnen bis in den Nacken und über die Stirn bis in die Augen. Er war bärtig und außerdem unrasiert und trug einen schmierigen schwarzen Lederanzug und Schaftstiefel.

Mrs Olivers Blick wanderte weiter zu dem Mädchen, seinem Modell. Sie saß hingegossen auf einem Holzstuhl, den Kopf zurückgeworfen, sodass die langen dunklen Haare fast den Boden berührten. Mrs Oliver erkannte sie sofort: das zweite Mädchen aus der Wohnung in den Borodene Mansions. An den Nachnamen konnte sie sich nicht erinnern, wohl aber an den Vornamen. Es war die auffällig zurechtgemachte, ätherisch wirkende Frances.

„Das ist Peter“, sagte David mit einer Geste zu dem Maler. „Eins unserer aufstrebenden Genies. Und das ist Frances, die da als verzweifeltes Mädchen posiert, das nach einer Abtreibung schreit.“

„Brems dich mal, du Affe!“, sagte Peter.

„Kennen wir uns nicht?“, fragte Mrs Oliver naiv. „Wir haben uns doch irgendwo getroffen, nicht? Und das kann noch gar nicht lange her sein.“

„Sie sind Mrs Oliver, nicht wahr?“, fragte Frances.

„Ja, das hat sie mir auch gesagt“, erklärte David. „Das stimmt also sogar.“

„Wo habe ich Sie bloß kennen gelernt?“, fuhr Mrs Oliver fort. „Auf einer Party? Nein. Warten Sie mal. Oh, ich weiß es! In den Borodene Mansions.“

Frances hatte sich aufgerichtet. Peter stöhnte laut. „Jetzt hast du dich schon wieder anders gesetzt! Musst du dich denn wie ein Aal winden? Kannst du nicht stillhalten?“

„Nein, ich kann nicht mehr. Das ist eine blöde Stellung.“

„Ich habe ein Experiment gemacht“, sagte Mrs Oliver. „Ich habe versucht, jemand zu beschatten. Es ist viel schwerer, als ich dachte. Sagen Sie, ist das eigentlich ein Maleratelier?“ Sie blickte sich neugierig nach allen Seiten um.

„Ja, so sehen die heutzutage aus. Nichts als ein Dachboden. Und wenn Sie nicht durch die Decke brechen, haben Sie Glück.“

„Aber es ist alles da, was man braucht.“ David mischte sich ein. „Gutes Nordlicht, viel Platz, eine Schlafgelegenheit, ein Viertel Teilhaberschaft am Klo im Untergeschoss und eine Kochmöglichkeit. Und was zu trinken gibt's auch.“ Er wandte sich mit vollendeter Höflichkeit an Mrs Oliver: „Was dürfen wir Ihnen anbieten?“

„Ich trinke keinen Alkohol.“

„Die Dame trinkt nicht“, sagte David. „Wer hätte das gedacht!“

„Jetzt machen Sie sich über mich lustig, aber Sie haben sogar Recht. Die meisten Leute halten mich für eine Quartalssäuferin.“ Sie klappte die Handtasche auf – drei lange graue Haarlocken fielen heraus. David hob sie auf und überreichte sie ihr.

„Oh, danke. Ich war heute Morgen so eilig. Vielleicht habe ich noch ein paar Haarnadeln.“ Sie fischte in der Handtasche danach und begann, die Locken an ihrem Kopf festzustecken.

Peter brüllte vor Lachen. „Eins zu null für Sie!“

„Und davor habe ich nun Angst gehabt“, dachte Mrs Oliver überrascht, „Angst – vor diesen netten jungen Leuten. Es stimmt schon: Ich habe viel zu viel Fantasie.“

Bald darauf verabschiedete sie sich und wurde von David mit geradezu altmodischer Höflichkeit die steile Treppe hinuntergeleitet. Er beschrieb ihr den nächsten Weg zur King's Road.

„Dort“, sagte er abschließend, „können Sie den Bus nehmen oder ein Taxi.“

„Ein Taxi“, seufzte Mrs Oliver. „Ich kann kaum mehr auf den Füßen stehen. Ich brauche dringend ein Taxi. Übrigens vielen Dank, dass Sie die Beschattung nicht übel genommen haben. Das war sehr nett von Ihnen. Aber ich glaube auch wirklich nicht, dass ich wie ein Privatdetektiv oder ein Schleicher, oder wie die nun heißen, aussehe.“

„Nein, wohl kaum“, bestätigte David ernst. „Also, erst links, dann rechts, bis Sie den Fluß sehen, dann wieder scharf rechts und geradeaus.“

Merkwürdigerweise überkam sie das Gefühl des Unbehagens sofort wieder, als sie den Hof überquerte. Sie drehte sich noch einmal zur Treppe und dem Atelierfenster um. David blickte ihr nach. „Drei reizende junge Leute“, sagte Mrs Oliver vor sich hin. „Ausgesprochen nett und liebenswürdig. Jetzt links, und dann rechts.

Nur weil sie so merkwürdig aussehen, bildet man sich ein, sie könnten gefährlich werden. Jetzt wieder nach rechts? Oder links? Und jetzt regnet's auch noch!" Der Weg nahm kein Ende, und die King's Road schien kilometerweit entfernt. Nicht mal der Verkehrslärm war noch zu hören. Und wo war der Fluss geblieben? Allmählich fürchtete sie, sich verirrt zu haben.

Müde bog Mrs Oliver um die nächste Ecke – jetzt sah sie das schwache Glitzern der Wasserfläche vor sich. Sie eilte durch eine schmale Durchfahrt, hörte hinter sich Schritte, wollte sich gerade umdrehen – und bekam einen Schlag über den Kopf, der die Welt in sprühende Funken auflöste.

10

Eine Stimme sagte: „Trinken Sie!"

Norma zitterte. Ihre Augen waren glasig. Sie verkroch sich tiefer in den Sessel. Der Befehl wurde wiederholt: „Trinken Sie!" Diesmal trank sie gehorsam, dann musste sie husten.

„Das ist – schrecklich stark", keuchte sie.

„Es wird ihnen gut tun. In einer Minute fühlen Sie sich besser. Bleiben Sie ganz still sitzen."

Ihr war schlecht gewesen und schwindlig, jetzt gab sich das allmählich. Ihre Wangen bekamen wieder Farbe, und das Zittern ließ nach. Zum ersten Mal sah sie sich um. Angst und Entsetzen hatten sie geschüttelt, aber nun beruhigte sie sich etwas. Der mittelgroße Raum und das Mobiliar erweckten unbestimmte Erinnerungen: ein Schreibtisch, eine Couch, ein Sessel, ein Stuhl, auf einem Tisch ein Stethoskop und ein Apparat, der wohl etwas mit Augenuntersuchungen zu tun hatte. Ihr Blick wanderte zu dem Mann, der ihr befohlen hatte, zu trinken. Er war ungefähr dreißig, rothaarig und von einer faszinierenden Hässlichkeit. Er nickte ihr beruhigend zu.

„Na, bekrabbeln Sie sich wieder?“

„Ich – ja, ich glaube. Ich – Sie haben ... Was war los?“

„Erinnern Sie sich nicht mehr?“

„Doch. Die Autos ... Sie kamen plötzlich auf mich zu.“ Sie sah ihn an. „Ich bin unter ein Auto gekommen?“

„Nein, zum Glück nicht, das habe ich verhindert.“

„Sie?“

„Ja, Sie waren mitten auf der Straße, und ein Wagen schoss auf Sie zu. Ich habe Sie gerade noch zurückreißen können. Was haben Sie sich eigentlich dabei gedacht? Einfach so über die Straße zu rennen!“

„Ich kann mich nicht erinnern. Ich – ich muss mit meinen Gedanken woanders gewesen sein ...“

„Der Jaguar raste auf Sie zu; auf der anderen Fahrbahn kam ein Bus. Kann es sein, dass der Wagen es auf Sie abgesehen hatte?“

„Ich – nein. Nein. Warum? Ich ...“

„Na, es hätte ja immerhin so sein können, oder?“

„Wie meinen Sie das?“

„Dass es Absicht war ...“

„Was heißt Absicht?“

„Ehrlich gestanden, habe ich mich gefragt, ob Sie

sich absichtlich überfahren lassen wollten. Stimmt das?", fügte er beiläufig hinzu.

„Ich wollte ... Nein, natürlich nicht."

„Wäre auch eine sehr ungeschickte Methode gewesen." Sein Tonfall veränderte sich leicht. „Jetzt sagen Sie mal: An irgendetwas müssen Sie sich doch noch erinnern können."

Wiederum begann sie zu zittern. „Ich dachte ... es würde alles vorbei sein. Ich wollte ..."

„Dann wollten Sie sich also doch umbringen? Was ist denn los? Mir können Sie's ruhig sagen. Liebeskummer? Das kann einem schon zusetzen, ich weiß. Außerdem hat man immer die Hoffnung, dass es ihm Leid tut, wenn man sich seinetwegen das Leben nimmt, aber darauf sollte man sich besser nicht verlassen. Schuldbewusstsein kann kein Mensch ertragen. Erinnern Sie sich an meine goldenen Worte, wenn Sie wieder mal Ihre Kräfte mit einem Jaguar messen wollen. Auch Jaguare haben eine Seele. Und was ist nun los? Hat Ihr Freund Sie sitzen lassen?"

„Nein", sagte Norma. „Nein, ganz im Gegenteil. Er wollte mich heiraten."

„Das ist kein Grund, sich gleich vor ein Auto zu werfen."

„Doch. Das ist es, ich wollte es, weil ..." Sie verstummte.

„Wie wär's, wenn Sie mir alles hübsch der Reihe nach erzählen?"

„Wie bin ich hierher gekommen?", fragte Norma.

„Ich habe Sie in ein Taxi verfrachtet. Sie hatten offenbar keine Verletzungen. Na, ein paar blaue Flecken werden Sie wohl kriegen. Aber Sie waren so erschreckt und außer sich vor Angst, dass Sie mir nicht mal Ihre Adresse sagen konnten, als ich Sie danach fragte. Um uns herum blieben alle Leute stehen. Da habe ich das nächste Taxi genommen und Sie erst mal hierher gebracht."

„Ist das eine – eine Arztpraxis?"

„Ja, das ist das Behandlungszimmer, und ich bin der Arzt. Ich heiße Stillingfleet."

„Ich will zu keinem Arzt! Ich sage kein Wort mehr! Nicht zu einem Arzt!"

„Na, immer mit der Ruhe. Sie reden ja schon seit zehn Minuten mit einem Arzt. Was haben Sie denn gegen Ärzte?"

„Ich habe Angst. Ich habe Angst, ein Arzt könnte ..."

„Meine liebe junge Dame, Sie konsultieren mich ja nicht beruflich. Betrachten Sie mich als einen Außenstehenden, der Sie lediglich vor dem Tod bewahrt hat, wahrscheinlich aber nur vor einem Arm- und Beinbruch, einer Schädelverletzung oder irgendetwas anderem Unerfreulichen. Sie hätten Ihr Leben zum Beispiel im Rollstuhl verbringen können. Wenn ich nicht da gewesen wäre, hätte man Sie wegen Selbstmordversuch vor Gericht stellen können. So, jetzt habe ich Ihnen ehrlich die Meinung gesagt. Vielleicht revanchieren Sie sich und sagen mir, warum Sie Angst vor Ärzten haben. Was hat Ihnen ein Arzt angetan?"

„Nichts. Angetan hat mir keiner was. Aber ich habe Angst, sie könnten mich ..."

„Was könnten die Ärzte?"

„Mich einsperren."

Dr. Stillingfleet zog die rötlichen Brauen hoch und sah sie an.

„Was haben Sie für komische Vorstellungen von Ärzten? Warum sollte ich Sie einsperren wollen? – Möchten Sie Tee? Oder halten Sie mehr von LSD, Preludin oder einem Beruhigungsmittel? Darauf stehen die jungen Leute Ihres Alters ja wohl. Sie haben das alles auch schon durchprobiert, was?“

Norma schüttelte den Kopf. „Nein – nicht richtig.“

„Das nehme ich Ihnen nicht ab. Aber warum die ganze Aufregung und Verzweiflung? Sie sind doch nicht geisteskrank, oder etwa doch? Ich würde das Gegenteil behaupten. Ärzte haben's gar nicht so eilig mit dem Einsperren. Die Kliniken sind sowieso schon überfüllt. Man kriegt kaum jemand mehr rein. In letzter Zeit musste man sogar Leute entlassen – und zwar Hals über Kopf –, die besser dringeblieben wären ... Na, wie steht's? Wollen Sie lieber was aus dem Giftschrank oder eine Tasse guten, altmodischen englischen Tee?“

„Tee bitte“, sagte Norma.

Er ging zur Tür, riss sie auf und rief: „Annie! Eine Kanne Tee für zwei Personen!“ Dann setzte er sich wieder. „Nun wollen wir erst mal etwas klarstellen, Miss ... Wie heißen Sie überhaupt?“

„Norma Rest...“ Sie verstummte.

„Wie?“

„Norma West.“

„Also, Miss West, damit wir uns richtig verstehen: Ich bin nicht Ihr Arzt, und Sie sind nicht meine Patientin. Sie haben einen Verkehrsunfall gehabt – bei der Bezeichnung wollen wir bleiben, und wahrscheinlich hatten Sie es ja auch so geplant. Für den Mann im Jaguar hätte das übrigens böse Folgen haben können.“

„Erst wollte ich mich auch von einer Brücke runterstürzen.“

„So? Das wäre bestimmt nicht leicht geworden. Die Brückenbauer denken heutzutage einfach an alles. Sie hätten erst auf das Geländer klettern müssen, und inzwischen wäre längst ein Lebensretter aufgetaucht. Aber jetzt weiter im Text: Ich habe Sie mit zu mir genommen, weil Sie sich in Ihrem Schock nicht an Ihre Adresse erinnern konnten. Wo wohnen Sie übrigens?"

„Ich wohne nirgends ..."

„Interessant! Die Polizei nennt das ‚ohne festen Wohnsitz'. Wie machen Sie das? Übernachten Sie auf Parkbänken?"

Sie warf ihm einen argwöhnischen Blick zu.

„Ich hätte den Unfall der Polizei melden können, bin aber nicht verpflichtet dazu. Ich stelle mich auf den Standpunkt, dass Sie in mädchenhafter Verträumtheit über die Straße gewandelt sind, ohne nach links und rechts zu sehen."

„Ich habe mir Ärzte immer ganz anders vorgestellt ..."

„Ach nein? Ich habe mittlerweile sämtliche Illusionen über meinen Beruf verloren. Übrigens löse ich meine Praxis gerade auf und gehe in vierzehn Tagen nach Australien. Sie sind also absolut sicher bei mir. Wenn Sie wollen, können Sie mir ruhig erzählen, dass rosafarbene Elefanten die Wände hochkrabbeln oder Bäume ihre Äste nach Ihnen ausstrecken, um Sie festzuhalten und zu erwürgen, oder was Sie sonst noch Fröhliches auf Lager haben. Keinen Finger werde ich rühren! Sie sehen aber ganz normal aus, wenn ich das sagen darf."

„Ich glaube nicht, dass ich es bin."

„Mag sein, dass Sie Recht haben", sagte Dr. Stillingfleet entgegenkommend. „Lassen Sie mich mal Ihre Gründe hören."

„Ich tue Dinge, an die ich mich nicht erinnern kann ... Ich erzähle den Leuten, was ich getan habe, aber ich erinnere mich nicht, es ihnen erzählt zu haben ..."

„Das klingt, als hätten Sie ein schlechtes Gedächtnis.“

„Sie verstehen mich nicht. Es dreht sich um – um schreckliche Dinge.“

„Religiöser Wahn? Hochinteressant.“

„Es hat nichts mit Religion zu tun, sondern mit – Hass.“

Es klopfte. Eine ältere Frau brachte ein Tablett und stellte es auf den Schreibtisch.

„Zucker?“, fragte Dr. Stillingfleet.

„Ja, bitte.“

„Sie sind ein vernünftiges Kind. Zucker ist immer gut bei einem Schock.“ Er schenkte Tee ein und schob ihr die Tasse hin. „So. Wovon sprachen wir? Ach ja, vom Hass.“

„Ist es möglich, dass man jemand so sehr hasst, dass man ihn umbringen möchte?“

„Aber ja“, sagte Stillingfleet gleich bleibend gut gelaunt. „Und ob das möglich ist! Aber selbst wenn Sie es wirklich wollen, schaffen Sie es dann im letzten Moment doch nicht. Die Natur hat den Menschen eine Art Bremssystem verliehen, das genau im richtigen Augenblick zu funktionieren beginnt.“

„Das klingt so, als wäre es etwas ganz Alltägliches.“ Eine gewisse Verärgerung sprach da aus Normas Stimme.

„Ja, es ist auch völlig natürlich. Bei Kindern kommt es jeden Tag vor. Sie fahren aus der Haut und sagen zu ihren Müttern oder Vätern: ‚Du bist gemein, ich hasse dich! Wenn du doch tot wärst!‘ Als Erwachsener hasst man immer noch manche Leute, aber es ist ein bisschen mühsam, sie alle gleich umbringen zu wollen. Und falls Sie es trotzdem tun – na, dann landen Sie eben im

Gefängnis. Sagen Sie, Sie ziehen doch hier keine große Schau ab, oder?“

„Natürlich nicht.“ Norma richtete sich auf und funkelte ihn wütend an. „Natürlich nicht! Glauben Sie etwa, ich würde so etwas Schreckliches sagen, wenn es nicht stimmte?“

„Ach, wissen Sie, auch das passiert, dass Menschen die schrecklichsten Dinge von sich erzählen und das sehr genießen.“ Er nahm ihr die leere Tasse ab. „So, und jetzt sollten Sie mal auspacken. Wen hassen Sie, warum, und was wollen Sie ihm oder ihr antun?“

„Aus Liebe kann Hass werden.“

„Au! Das klingt aber melodramatisch! Übrigens kann umgekehrt auch Hass zu Liebe werden. Um Ihren Freund handelt es sich also nicht?“

„Nein. Es ist ... meine Stiefmutter.“

„Die böse Stiefmutter! Das ist doch Blödsinn. In Ihrem Alter! Was hat sie Ihnen angetan, abgesehen davon, dass sie Ihren Vater geheiratet hat? Hassen Sie den auch, oder lieben Sie ihn so sehr, dass Sie ihn mit niemand teilen wollen?“

„Nein, darum geht es nicht. Früher habe ich ihn sehr geliebt. Ich habe ihn wirklich geliebt. Er war – er war – ich fand ihn fabelhaft.“

„Na, nun passen Sie mal auf“, sagte Dr. Stillingfleet, „ich möchte Ihnen etwas vorschlagen. Sehen Sie die Tür da?“

Norma blickte verblüfft auf die Tür.

„Eine ganz gewöhnliche Tür, stimmt’s? Nicht verschlossen. Geht auf und zu wie jede Tür. Probieren Sie’s. Sie haben meine Haushälterin hereinkommen und hinausgehen sehen, nicht wahr? Los, stehen Sie auf! Tun Sie, was ich Ihnen sage.“

Norma erhob sich zögernd und öffnete die Tür. Auf der Schwelle blieb sie stehen und sah ihn fragend an.

„Gut. Was ist da draußen? Ein Korridor, der mal gestrichen werden müsste. Aber das lohnt sich nicht mehr, weil ich nach Australien auswandere. So, jetzt gehen Sie zur Haustür, machen sie auf und laufen hinaus auf die Straße. Dann werden Sie wohl kapieren, dass Sie frei sind und keiner Sie einsperren will. Wenn Ihnen das ganz klar ist, können Sie wiederkommen, sich auf den Sessel da setzen und mir erzählen, was los ist. Danach kann ich Ihnen einen Rat geben, den Sie aber nicht befolgen müssen. Alles klar? Sind Sie einverstanden?"

Norma schritt über die Schwelle in den Korridor, öffnete die Haustür, die kein Schnappschloss hatte, und stand nun auf dem Bürgersteig. Sie wusste nicht, dass der Arzt sie durch einen Spalt im Vorhang beobachtete. Nach zwei Minuten machte sie kehrt und kam in das Behandlungszimmer zurück.

„Glauben Sie mir jetzt, dass ich nichts Böses im Schilde führe? Sind Sie überzeugt?"

Sie nickte.

„Fein. Setzen Sie sich. Machen Sie sich's gemütlich. Rauchen Sie?"

„Ja, aber ..."

„Nur Marihuana oder so? Keine Sorge, Sie brauchen mir das nicht zu erzählen."

„Natürlich rauche ich kein solches Zeug!"

„Dass das so ‚natürlich' ist, hätte ich nicht ohne weiteres angenommen. Aber man muss seinen Patienten Glauben schenken. Und nun fangen Sie mal an."

„Ich weiß nichts. Eigentlich gibt es nichts zu erzählen ... Muss ich mich denn nicht auf die Couch legen?"

„Ach, Sie meinen, Sie sollten sich an Träume erinnern? Nein, das brauchen Sie nicht. Ich möchte nur mal die Vorgeschichte hören. Wo Sie geboren sind, ob Sie auf dem Land oder in der Stadt gelebt haben, ob Sie Geschwister haben und so weiter. Hat der Tod Ihrer Mutter Sie sehr stark erschüttert?"

„Was denken Sie denn?", fragte Norma fast beleidigt. „Natürlich!"

„Ihre Vorliebe für das Wort ‚natürlich' grenzt ans Unnatürliche, Miss West. Das ist doch nicht Ihr richtiger Name? Nein, regen Sie sich nicht auf. Von mir aus können Sie sich West, Ost oder Nord nennen. Also, was passierte nach dem Tod Ihrer Mutter?"

„Sie war schon vorher lange krank und oft in Sanatorien. Ich wohnte bei einer alten Tante in Devonshire. Vor etwa einem halben Jahr ist mein Vater zurückgekommen. Ich – ich habe mich so gefreut." Sie sah den klugen, prüfenden Blick nicht, den der scheinbar so unbeteiligte junge Arzt ihr zuwarf. „Ich konnte mich kaum noch an ihn erinnern. Er ist ins Ausland gegangen, als ich fünf war. Ich hatte nicht damit gerechnet, ihn noch mal wieder zu sehen. Und Mutter hat fast nie von ihm gesprochen. Ich glaube, dass sie anfangs gehofft hat, er würde sich von der anderen trennen und zu ihr zurückkehren."

„Von welcher anderen?"

„Er ist mit einer anderen Frau weggegangen."

„Hat Ihr Vater sie geheiratet?"

„Nein, Mutter wollte sich nicht scheiden lassen."

„Wie hieß die Frau?"

„Ich kann mich nicht an ihren Nachnamen erinnern." Norma schüttelte den Kopf. „Die beiden sind zusammen nach Südafrika gegangen, müssen sich dort aber bald getrennt haben. Trotzdem ist er nicht nach Hause zurückgekommen; er hat nicht mal Briefe geschrieben. Auch mir nicht. Nur zu Weihnachten kriege ich immer Geschenke von ihm."

„Also hatte er Sie sehr gern?"

„Ich weiß es nicht. Ich kann's nicht sagen. Niemand hat über ihn gesprochen. Bloß Onkel Simon – das war sein Bruder. Der hatte ein Geschäft in der City und war böse auf Vater, weil er alles im Stich gelassen hat. Er wäre schon immer so gewesen, sagte er. Vater wäre so unstet, aber sonst ein anständiger Mensch. Nur eben schwach. Aber ich habe Onkel Simon wenig gesehen. Ich kannte bloß Mutters Freunde, und die waren alle langweilig. Mein ganzes Leben war langweilig ... Oh, ich habe mich so gefreut, dass Vater nach Hause kam! Ich wollte mich wieder an ihn erinnern, wissen Sie, an Sachen, die er gesagt hat, an Spiele, die wir gespielt haben. Er war immer so lustig. Ich habe nach alten Fotografien von ihm gesucht. Aber Mutter muss sie wohl alle verbrannt haben."

„Sie hat ihm also nie verziehen?"

„Ich glaube eher, dass sie sich an Louise rächen wollte."

„Louise?" Er merkte, wie Norma zusammenzuckte.

„Ich weiß nicht ... ich sagte Ihnen ja schon, dass ich mich an keine Namen erinnere."

„Das macht nichts. Sie sprachen eben von der Frau, mit der Ihr Vater durchgebrannt ist, nicht wahr?"

„Ja. Mutter hat immer gesagt, sie wäre 'ne Alkoholikerin und rauschgiftsüchtig und würde mal schlimm enden."

„Hat sie Recht behalten?"

„Ich weiß von gar nichts ..." Ihre Erregung steigerte sich. „Stellen Sie mir doch nicht so viele Fragen! Ich weiß überhaupt nichts von ihr! Ich habe nie wieder etwas von ihr gehört! Ich hatte sie völlig vergessen. Ich sage Ihnen doch, dass ich nichts über sie weiß!"

„Nun mal langsam, regen Sie sich nicht so auf", sagte Dr. Stillingfleet. „Das ist alles längst vorbei. Wir sollten lieber mal über die Zukunft reden. Was haben Sie jetzt vor?"

Norma seufzte tief auf. „Ich weiß es nicht. Ich weiß nicht, wo ich hinsoll. Ich glaube ... ja, bestimmt, es ist am besten, ich mache Schluss, aber ..."

„Aber einen zweiten Versuch schaffen Sie nicht? Das wäre auch schön dumm, mein liebes Kind! Gut – Sie wissen nicht, wohin, Sie können niemand vertrauen. Wie steht's mit Geld?"

„Ich habe ein Konto, und Vater überweist mir jedes Vierteljahr einen großen Betrag, aber ich traue mich nicht ... ich glaube, dass sie jetzt schon nach mir suchen. *Sie sollen mich nicht finden.*"

„Das lässt sich verhindern. Ich weiß was für Sie. Kenway Court heißt es. Ein Haus für Rekonvaleszenten, ein Erholungsheim. Es gibt dort keinen Arzt, keine Couch und niemand, der Sie einsperren will. Das schwöre ich Ihnen. Wenn Sie wollen, können Sie einfach fortgehen. Aber Sie können auch im Bett frühstücken oder den ganzen Tag liegen bleiben. Ruhen Sie sich aus, und dann besuche ich Sie mal, und wir beraten, was geschehen soll. Wäre das was für Sie? Wollen Sie das?"

Norma starrte ihn ausdruckslos an und nickte langsam.

Am gleichen Abend führte Dr. Stillingfleet ein Telefongespräch. „Operation Kidnapping erfolgreich beendet", sagte er. „Sie ist in Kenway Court. Sie war folgsam wie ein Lamm. Viel kann ich Ihnen noch nicht sagen. Das Mädchen ist randvoll mit Rauschgift. Vermutlich hat sie Marihuana und Haschisch genommen, wahrscheinlich auch noch LSD ... Das muss schon einige Zeit so gehen. Sie leugnet zwar strikt, aber ich traue ihr nicht so recht." Er lauschte eine Weile. „Keine Ahnung! Da muss man sehr vorsichtig sein. Sie ist sehr argwöhnisch ... Ja, sie hat Angst, oder sie tut so, als habe sie vor etwas Angst ... Das weiß ich noch nicht. Nein. Denken Sie daran, dass Rauschgiftsüchtige schwierig sind. Man darf Ihnen nicht alles glauben. Ich habe nichts übereilt; ich möchte nicht, dass sie sich aufregt ... Ja, als Kind hat sie einen Vaterkomplex gehabt. Aus der Mutter hat sie sich nicht viel gemacht – die muss auch unerfreulich gewesen sein, eine selbstgerechte Märtyrerin. Sagt Ihnen der Name Louise etwas? ... Allein die Erwähnung schien ihr Angst einzujagen. Offenbar hat sie sie als kleines Mädchen gehasst. Mit der ist der Vater durchgebrannt, als sie fünf war. In dem Alter verstehen die Kinder nicht viel, aber sie sind schnell bereit, Abneigung gegen den zu entwickeln, dem sie an etwas die Schuld geben. Den Vater hat sie erst vor ein paar Monaten wieder gesehen. Vermutlich hat sie davon geträumt, dass er nur noch für sie da sein würde. Stattdessen kam er mit einer hübschen jungen Frau angereist. *Die* heißt doch nicht etwa Louise, oder? ... Na, ich habe nur mal gefragt ..."

Nach einer Pause fuhr der Arzt fort: „Übrigens gibt es noch was, das Sie vielleicht interessiert. Das Mädchen hat einen ziemlich lahmen Selbstmordversuch gemacht. Beunruhigt Sie das? ... Na, umso besser ... Nein, weder Tabletten noch Gas. Sie wollte sich vor einen Jaguar werfen, der schneller fuhr, als er sollte ... Das kann ich nicht sagen. Ich habe sie gerade noch rechtzeitig erwischt ... Ja, das schien mir wirklich ein impulsiver Entschluss zu sein. Sie hat es zugegeben."

Er lauschte einem verhementen Redeschwall und sagte dann: „Das weiß ich nicht. In diesem Stadium lässt sich das schwer beurteilen. Momentan sieht es so aus: ein empfindsames Mädchen, das neurotisch und überreizt ist, weil es zu viel verschiedene Narkotika geschluckt hat ... Nein, das kann ich nicht mit Bestimmtheit sagen. Davon gibt es Dutzende, die alle verschiedene Wirkungen hervorrufen: Verwirrtheit, Gedächtnisverlust, Aggressivität oder nur Benommenheit. Es ist schwierig, ihre eigenen Reaktionen von denen zu trennen, die durch die Medikamente entstanden sind. Es gibt zwei Möglichkeiten: Entweder steigert sie sich in diese Sache hinein, wird immer unsteter, neurotischer und überspannter, bis sich wirklich eine Tendenz zum Selbstmord entwickelt; oder es ist ein groß angelegter Schwindel. Nicht ausgeschlossen, dass sie allen diese Geschichte aus einem unerfindlichen Grund vorspielt. Vielleicht will sie sich anders darstellen, als sie ist. Das gelingt ihr jedenfalls glänzend. Trotzdem tauchen immer wieder gewisse Unstimmigkeiten und Widersprüche auf. Begabte Schauspielerin oder halb schwachsinnige Selbstmordkandidatin? Beides ist denkbar ... Was haben Sie eben gesagt? ... Hm, der Jaguar? ... Ja, der ist viel zu schnell gefahren. Ach, Sie meinen, es wäre vielleicht kein Selbstmordversuch gewesen? Sie sollte absichtlich überfahren werden?"

Er dachte einige Zeit darüber nach. „Ich kann es nicht sagen. Könnte immerhin sein. Jedenfalls werde ich bald mehr erfahren. Sie hat etwas Vertrauen zu mir gefasst, aber ich darf den Bogen nicht überspannen, sonst wird sie argwöhnisch. Im Moment hat sie vor irgendetwas

Angst ... Ja, natürlich, wenn sie mir einen Bären aufbindet, dann müssen wir den Grund herausbekommen. Ich glaube schon, dass sie in Kenway Court bleiben wird. Trotzdem würde ich vorschlagen, dass Sie jemand hinschicken, der in den nächsten Tagen ein bisschen auf sie aufpasst. Sie darf ihn nicht kennen, damit er ihr folgen kann, falls sie fortlaufen sollte."

11

Andrew Restarick schrieb einen Scheck aus und schnitt dabei eine Grimasse.

Er hatte das geräumige Chefbüro Simon Restaricks unverändert gelassen und lediglich zwei Bilder gegen sein eigenes Porträt ausgewechselt, das er mit einem Aquarell des Tafelbergs vom Land mitgebracht hatte.

Obwohl Andrew Restarick jetzt etwas fülliger zu werden begann, unterschied er sich merkwürdig wenig von dem um fünfzehn Jahre Jüngeren auf dem Bild. Dasselbe vorspringende Kinn, die fest zusammengepressten Lippen, die fragend hochgezogenen Augenbrauen. Alles in allem ein absolut durchschnittlicher Typ.

Seine Sekretärin kam herein und blieb vor dem Schreibtisch stehen. Er sah auf.

„Ein Monsieur Hercule Poirot ist hier. Er sagt, er sei mit Ihnen verabredet. Ich habe aber keinen Termin notiert."

„Monsieur Hercule Poirot? Ich kann mich nicht erinnern“, sagte er kopfschüttelnd, „aber den Namen muss ich schon mal gehört haben. Wie sieht er aus?“

„Sehr klein – sehr – sehr französich. Mit einem riesigen Schnurrbart ...“

„Oh, jetzt weiß ich es! Mary hat ihn mir beschrieben. Er hat den alten Roddy besucht. Aber wieso will er mit mir verabredet sein?“

„Er sagt, Sie hätten ihm geschrieben.“

„Komisch, daran kann ich mich gar nicht erinnern. Ob Mary ... Ach, er soll ruhig reinkommen. Das ist wohl das Beste.“

Kurz darauf erschien Claudia Reece-Holland wieder in Begleitung eines kleinen Mannes mit eiförmigem Kopf, mächtigem Schnurrbart und spitzen Lackschuhen, der überaus selbstgefällig wirkte und genau Marys Beschreibung entsprach.

„Monsieur Hercule Poirot“, verkündete Claudia Reece-Holland und ging gleich wieder hinaus. Restarick erhob sich.

„Monsieur Restarick? Ich bin Hercule Poirot und stehe Ihnen zur Verfügung.“

„Ich habe durch meine Frau von Ihnen gehört. Sie haben uns – oder besser – meinen Onkel besucht. Was kann ich für Sie tun?“

„Ich bin aufgrund Ihres Briefes zu Ihnen gekommen.“

„Das verstehe ich nicht. Ich habe Ihnen nicht geschrieben, Monsieur Poirot.“

Poirot sah ihn groß an. Dann nahm er einen Brief aus der Tasche, entfaltete ihn, warf einen Blick darauf und legte ihn mit einer Verneigung auf den Schreibtisch. „Hier, Monsieur, überzeugen Sie sich selbst.“

Restarick las staunend. Er trug den Briefkopf seiner Firma und war mit seinem Namen unterzeichnet.

Sehr geehrter Monsieur Poirot,
ich wäre Ihnen sehr verbunden, wenn Sie mich unter der oben genannten Adresse möglichst bald aufsuchen könnten. Meine Frau hat mir von Ihnen erzählt, und ich habe in London Erkundigungen über Sie eingezogen. Ich weiß, dass Sie überall vollstes Vertrauen genießen und über jeden Auftrag, den Sie akzeptieren, strengstes Stillschweigen bewahren. Ich sehe Ihrem Besuch entgegen.

Ihr sehr ergebener
Andrew Restarick

„Wann haben Sie diesen Brief erhalten?", fragte er.

„Heute früh. Da ich gerade nichts Eiliges vorhatte, bin ich sofort zu Ihnen gekommen."

„Monsieur Poirot, diesen Brief habe ich nicht geschrieben."

„Sie haben ihn nicht geschrieben?"

„Nein. Meine Unterschrift ist ganz anders. Bitte, überzeugen Sie sich selbst." Ohne weiter nachzudenken, drehte er das Scheckheft um, auf das er soeben seinen Namenszug gesetzt hatte. „Sehen Sie, Monsieur Poirot? Die Unterschrift auf Ihrem Brief stammt nicht von mir."

„Merkwürdig. Außerordentlich merkwürdig! Wer kann mir dann diesen Brief geschrieben haben?"

„Das möchte ich auch gern wissen."

„Und – entschuldigen Sie – Ihre Frau kann es nicht gewesen sein?"

„Nein. So etwas würde Mary nie tun. Und warum

sollte sie mit meinem Namen unterzeichnen? Ausgeschlossen! Sie hätte mir das doch gesagt, wenn sie Ihnen geschrieben hätte, hätte mir Ihren Besuch angekündigt."

„Dann wissen Sie auch nicht, warum mir jemand diesen Brief geschrieben hat?"

„Nein."

„Und Sie können mir auch nicht sagen, Mr Restarick, weswegen ich, diesem Brief nach, von Ihnen engagiert werden sollte?"

„Nein. Woher sollte ich das wissen?"

„Oh, verzeihen Sie", sagte Poirot, „Sie haben den Brief ja noch gar nicht ganz gelesen. Es steht noch etwas auf der Rückseite."

Restarick drehte das Blatt um.

Die Angelegenheit, über die ich mich mit Ihnen beraten möchte, betrifft meine Tochter Norma.

Restaricks Gesicht färbte sich dunkler. „Das ist es also! Aber wer weiß davon etwas – wer könnte sich denn in diese Angelegenheit einmischen?"

„Kann es sein, dass jemand Sie dazu bewegen will, sich an mich zu wenden? Ein Freund vielleicht? Haben Sie wirklich keine Ahnung, wer der Schreiber sein könnte?"

„Nein, nicht die mindeste."

„Und Sie haben auch keine Sorgen mit Töchtern – mit einer Tochter namens Norma?"

„Ich habe eine Tochter Norma. Meine einzige Tochter."

Beim letzten Satz veränderte sich Restaricks Tonfall kaum merklich.

„Und gibt sie einen Anlass zur Besorgnis?"

„Nicht dass ich wüsste." Er zögerte etwas.

Poirot beugte sich vor. „Das glaube ich nicht ganz, Mr Restarick. Ich glaube vielmehr, dass Sie sich Sorgen machen, dass es da ein Problem gibt ..."

„Wie kommen Sie darauf? Hat jemand mit Ihnen über Norma gesprochen?"

„Nein, ich habe nur sehr aufmerksam zugehört, Monsieur. Viele Eltern haben Kummer mit ihren Töchtern. Heutzutage entwickeln die jungen Damen entschieden Talent, von einer Schwierigkeit in die andere zu geraten. Warum sollte das hier nicht auch der Fall sein?"

Restarick blieb einige Zeit stumm. Er trommelte mit den Fingern auf die Schreibtischplatte. „Ja", sagte er endlich, „ich mache mir Sorgen um Norma. Sie ist ein schwieriges Mädchen. Neurotisch, fast hysterisch. Und ich – ich kenne sie bedauerlicherweise nur wenig."

„Vermutlich ist ein junger Mann im Spiel?"

„Ja, das auch, aber darüber rege ich mich nicht so sehr auf. Ich glaube ..." Er betrachtete Poirot abschätzend. „Kann ich mich auf Ihre Diskretion verlassen?"

„Wäre ich sonst so erfolgreich?"

„Ich weiß nicht, wo meine Tochter ist. Letztes Wochenende war sie noch bei uns auf dem Land. Am Sonntagabend ist sie dann wie gewöhnlich nach London zurückgekehrt. Wie wir glaubten, in die Wohnung, die sie mit zwei jungen Mädchen teilt. Aber ich habe jetzt erfahren, dass sie dort nicht aufgetaucht ist. Wo sie ist, weiß ich nicht."

„Dann ist sie also verschwunden?"

„Das klingt sehr dramatisch, aber darauf läuft es leider hinaus. Vermutlich findet sich eine ganz natürliche Erklärung, trotzdem wäre wohl jeder Vater beunruhigt. Sie hat übrigens nicht angerufen und ihren Hausgenossinnen nichts gesagt."

„Sind die auch besorgt?"

„Nein, ich glaube nicht. Sie – na ja, sie finden nichts dabei. Diese modernen Mädchen sind so selbstständig. In den letzten fünfzehn Jahren hat sich vieles verändert."

„Und was ist mit dem jungen Mann, den Sie erwähnt haben und den Sie nicht leiden können? Kann sie bei ihm sein?"

„Ich hoffe nicht! Es ist möglich, aber ich – meine Frau nimmt es nicht an. Sie sind ihm wohl begegnet, als Sie meinen Onkel besuchen wollten ..."

„Ja, jetzt weiß ich, von welchem jungen Mann Sie sprechen. Er ist hübsch, aber nicht der Typ, der einem Vater gefällt, wenn ich mich so ausdrücken darf. Ihre Frau schätzt ihn auch nicht sonderlich, schien mir."

„Meine Frau ist überzeugt davon, dass er sich heimlich einschleichen wollte."

„Vielleicht weiß er, dass er bei Ihnen nicht gern gesehen ist?"

„Und ob er das weiß", sagte Restarick erbittert.

„Und Sie glauben trotzdem nicht, dass Ihre Tochter bei ihm ist?"

„Ich weiß nicht mehr, was ich glauben soll."

„Waren Sie schon bei der Polizei?"

„Nein."

„In einem solchen Fall empfiehlt sich unbedingt die Vermisstenmeldung bei der Polizei. Die Polizei ist auch diskret und hat viel mehr Möglichkeiten als ich."

„Ich will nicht zur Polizei. Mann, es geht um meine *Tochter,* verstehen Sie das nicht? Meine Tochter. Wenn sie ohne unser Wissen für einige Zeit fortgehen will – gut, das ist ihre Sache. Es besteht keinerlei Anlass zu der Vermutung, dass sie in Gefahr ist. Ich – ich möchte nur wissen, wo sie ist."

„Ist es möglich, Mr Restarick, dass Sie sich nicht nur aus diesem Grund um Ihre Tochter Sorgen machen?“

„Wie kommen Sie zu dieser Frage?“

„Weil es heute nicht so außergewöhnlich ist, dass ein junges Mädchen für ein paar Tage verreist, ohne es den Eltern oder den Freundinnen mitzuteilen. Außer ihrem Verschwinden muss es noch etwas geben, das Sie so beunruhigt.“

„Hm.“ Restarick sah Poirot zweifelnd an. „Es ist sehr schwer, über so etwas mit einem Fremden zu sprechen ...“

„Im Gegenteil – mit Freunden fällt das wesentlich schwerer. Stimmt’s nicht?“

„Vielleicht. Sie mögen Recht haben. Ja, ich gebe zu, dass ich mir um das Kind große Sorgen mache. Sie ist so anders als andere junge Mädchen, und es ist etwas vorgekommen, das mich, das uns beide – sehr beunruhigt hat.“

„Ihre Tochter ist vermutlich in jenem kritischen Alter, in dem viele junge Leute Dinge tun, die einem unbegreiflich sind und für die man sie nicht verantwortlich machen kann. Bitte nehmen Sie mir meine Bemerkung nicht übel, aber kann es sein, dass Ihre Tochter die Stiefmutter ablehnt?“

„Leider ja. Dabei hat sie keinerlei Anlass dazu, Monsieur Poirot. Meine erste Frau und ich haben uns vor langer Zeit getrennt. Ich will Ihnen ehrlich sagen, was gewesen ist. Wir hatten uns auseinander gelebt. Ich will nichts beschönigen: Ich hatte mich Hals über Kopf in eine andere verliebt und ging mit ihr nach Südafrika. Meine Frau war immer gegen eine Scheidung, und ich habe sie auch nicht darum gebeten. Ich habe meine Frau und das Kind – Norma war damals erst fünf – in jeder

Weise finanziell gesichert.“ Nach einer Pause fuhr er fort: „Zurückblickend weiß ich, dass ich schon längere Zeit unzufrieden war. Ich hasste diese Schreibtischhockerei. Mein Bruder machte mir oft Vorwürfe, dass ich mich so wenig ums Geschäft kümmerte und ihn nicht genügend unterstützte, aber dieses Leben lag mir einfach nicht. Ich war ruhelos, ich wollte reisen und die Welt sehen ...“

Er unterbrach sich plötzlich. „Aber Sie sollen nicht meine gesamte Lebensgeschichte zu hören bekommen. Ich ging also mit Louise nach Südafrika. Dort erlitten wir leider sehr bald Schiffbruch. Ich liebte sie, aber wir zankten uns andauernd. Sie fand Südafrika entsetzlich und wollte wieder nach London oder nach Paris, in kultiviertere Städte. Schon nach einem Jahr trennten wir uns.“

Er seufzte. „Vielleicht hätte ich damals zurückkehren sollen, zu diesem zahmen Leben am Schreibtisch, das mir so zuwider war. Ich weiß nicht, ob meine Frau mich wieder aufgenommen hätte. Möglich, dass sie es für ihre Pflicht gehalten hätte. Das Wort Pflicht wurde bei ihr immer ganz groß geschrieben.“

Poirot fiel die Bitterkeit auf, mit der er das sagte.

„Natürlich hätte ich an Norma denken müssen. Aber das Kind war bei seiner Mutter; es lebte in geordneten Verhältnissen. Ich schrieb ihr hin und wieder mal und schickte ihr Geschenke, aber ich bin nie auf den Gedanken gekommen, nach England zurückzukehren. Wissen Sie, ich lebte in einer völlig anderen Welt und hatte Angst, den Seelenfrieden des Kindes zu stören, wenn ich gelegentlich auftauchte, nur um gleich wieder zu verschwinden ...“

Restarick sprach nun immer schneller. Anscheinend

tat es ihm gut, sein Leben vor einem wohlmeinenden Zuhörer ausbreiten zu können.

Poirot fragte mitfühlend: „Sie selbst verspürten demnach nie den Wunsch, nach England zurückzukehren?"

Restarick schüttelte energisch den Kopf. „Nein. Nie. Ich lebte so, wie ich es mir immer gewünscht hatte. Von Südafrika ging ich nach Ostafrika. Ich habe damals glänzend verdient. Alles, was ich anfing, glückte. Ob mit oder ohne Partner, meine Geschäfte florierten immer. Nein, ich hatte nicht die geringste Sehnsucht nach dem konventionellen Leben, das ich hier geführt hatte."

„Aber dann sind Sie doch heimgekehrt?"

Restarick seufzte. „Ja. Das bin ich. Wissen Sie, man wird eben alt. Außerdem hatte ich zusammen mit einem anderen Schürfrechte erworben, die außerordentlich Erfolg versprechend schienen. Dazu musste ich nach London. Mein Bruder war kurz zuvor gestorben, sonst hätte er das übernehmen können. Ich war immer noch an der Firma beteiligt. Das war das erste Mal, dass ich eine Rückkehr erwogen habe. Eine Rückkehr in die City, meine ich ..."

„Nun, Ihre Frau, vielleicht wollte Ihre zweite Frau ..."

„Ja. Das war auch ein Beweggrund. Ich hatte Mary gerade geheiratet, als mein Bruder starb. Mary ist in Südafrika geboren, aber sie war oft in England und sehr gern dort. Ein englischer Garten war schon immer ihr Wunschtraum. Und mir gefiel die Idee, in England zu leben, plötzlich auch. Schon Normas wegen. Ihre Mutter war vor zwei Jahren gestorben. Ich habe alles mit Mary besprochen. Sie war sofort bereit, meine Tochter aufzunehmen. Norma sollte endlich wieder ein Heim haben. Ja, so hat sich alles entwickelt – und jetzt bin ich wieder hier." Er lächelte.

Poirot betrachtete das Porträt Restaricks. Warum hatte er es wohl im Büro aufgehängt? Aus Eitelkeit? Wollte er dadurch zeigen, dass er jemand war, dass er in der Geschäftswelt eine Rolle spielte? Oder war es eine Art Selbstbestätigung? Wollte er sich Mut machen?

Nach kurzem Schweigen sagte Restarick entschuldigend: „Verzeihen Sie, Monsieur Poirot, dass ich Sie mit meiner Lebensgeschichte gelangweilt habe."

„Aber da gibt es doch nichts zu entschuldigen, Mr Restarick. Sie haben nur das erzählt, was im Zusammenhang mit Ihrer Tochter von Bedeutung ist. Sie sind in großer Sorge um Ihre Tochter. Aber trotzdem vermute ich, dass Sie mir den wirklichen Grund noch nicht genannt haben. Sie möchten, dass sie gefunden wird, nicht wahr?"

„Ja."

„Aber möchten Sie auch, dass ich sie finde? Hören Sie – ich, Hercule Poirot, gebe Ihnen den Rat, der Polizei zu melden, dass Ihre Tochter verschwunden ist. Die Polizei hat größere Möglichkeiten, und ich weiß aus eigener Erfahrung, dass sie sehr verschwiegen sein kann."

„Ich will mich nicht an die Polizei wenden. Nicht, wenn es sich vermeiden lässt."

„Ein Privatdetektiv ist Ihnen lieber?"

„Ja. Aber ich habe keine Erfahrung mit Privatdetektiven. Ich weiß nicht, wem man trauen kann und wem nicht."

„Und was wissen Sie über mich?"

„Immerhin etwas. Ich weiß, dass Sie während des Krieges ein wichtiger Mann bei der Abwehr waren. Mein Onkel legt die Hand für Sie ins Feuer! Er schwört auf Sie."

Restarick nahm das flüchtige zynische Lächeln, das über Poirots Gesicht huschte, nicht wahr. Also sind alle auf meinen Schwindel hereingefallen, dachte Poirot, sogar Restarick, der doch wissen sollte, wie wenig man Sir Rodericks Gedächtnis und seinen Augen trauen darf. Alle hatten den von ihm ausgelegten Köder samt Haken und Angelschnur geschluckt.

„Ich versichere Ihnen", sagte er, „dass ich in meinem Beruf außergewöhnlich erfolgreich bin. Ja, in vieler Hinsicht bin ich sogar unübertroffen."

Restarick sah nicht so begeistert aus, wie er es hätte sein müssen. Zögernd fragte er: „Glauben Sie, dass Sie meine Tochter finden werden?"

„Wahrscheinlich nicht so schnell, wie die Polizei es könnte, aber ich bin sicher, dass ich sie finde. Allerdings müssten Sie mich zuvor genau über sämtliche Einzelheiten informieren."

„Aber das habe ich doch getan. Ich kann Ihnen höchstens noch die Adressen ihrer Freunde geben ..."

Poirot schüttelte abwehrend den Kopf. „Nein, nein. Sagen Sie mir die Wahrheit."

„Soll das heißen, dass ich Ihnen nicht die Wahrheit gesagt hätte?"

„Nicht die volle Wahrheit. Davon bin ich überzeugt. Wovor haben Sie Angst? Was haben Sie mir verschwiegen, das ich wissen muss, um Erfolg zu haben? Ihre Tochter mag ihre Stiefmutter nicht. Das ist klar. Und es ist sogar ganz natürlich. Wahrscheinlich hat sie Sie seit vielen Jahren idealisiert. Das kommt in unglücklichen Ehen oft vor, wenn Kinder unter Mangel an Liebe leiden. Sie hat sich ihr eigenes Bild von Ihnen gemacht und sich nach Ihrer Rückkehr gesehnt. Ihre Mutter wird sicher nie mit ihr über Sie gesprochen haben, und daher hat sie umso mehr an Sie gedacht. Sie wurden ihr immer wichtiger. Und da sie mit der Mutter nicht über Sie reden konnte, gab sie ihr die Schuld für die Abwesenheit des Vaters. Auch das ist eine ganz natürliche Reaktion bei Kindern. Und aus diesen Gründen entstand ein geheimes Band zwischen ihr und Ihnen.

Als sie hört, dass Sie zurückkommen, kehren viele Erinnerungen wieder, und sie ist überglücklich. Dass eine Stiefmutter existiert, geht ihr erst richtig auf, als sie sie vor sich sieht. Sie ist sofort rasend eifersüchtig. Das ist wiederum nur natürlich. Zum Teil liegt es daran, dass Ihre Frau attraktiv, klug, elegant und sicher ist. Dagegen sind Mädchen oft besonders empfindlich, weil sie selbst unsicher sind. Vielleicht ist sie etwas linkisch und hat Minderwertigkeitskomplexe. Als sie nun ihre schöne, gewandte Stiefmutter sieht, verspürt sie Hass, aber sie verfolgt sie mit dem Hass eines Kindes, obwohl sie fast erwachsen ist."

„Ja", sagte Restarick zögernd. „Das entspricht dem, was der Arzt uns gesagt hat, als wir ..."

„Ach, Sie haben also einen Arzt zu Rate gezogen? Dafür musste es doch einen schwer wiegenden Grund geben."

„Den gab es nicht."

„Das nimmt Ihnen Hercule Poirot niemals ab! Es muss sich um eine ernste Angelegenheit gehandelt haben, und Sie sollten mir das nicht vorenthalten. Nur wenn ich weiß, was in dem Mädchen vorging, kann ich etwas erreichen und schneller zum Ziel gelangen."

Nach längerem Schweigen fragte Restarick: „Bleibt das auch ganz unter uns? Ich muss mich auf Sie verlassen können, Monsieur Poirot. Versprechen Sie mir das?"

„Aber selbstverständlich. Was war denn nun los?"

„Ich bin nicht absolut sicher ..."

„Hat Ihre Tochter etwas gegen Ihre Frau unternommen? Keine bloße Kinderei, sondern vielleicht einen regelrechten Angriff?"

„Nein, nicht direkt – es ist auch nicht nachgewiesen ... Meine Frau wurde plötzlich leidend ..."

„So?", fragte Poirot. „Aha. Und was für ein Leiden war es? Magenbeschwerden? Eine Art Darmkatarrh?"

„Sie haben eine rasche Kombinationsgabe, Monsieur Poirot. Ja, es war eine merkwürdige Geschichte, denn meine Frau war immer kerngesund gewesen. Schließlich wurde sie zur Beobachtung ins Krankenhaus eingewiesen. Zu einer gründlichen Untersuchung."

„Und das Ergebnis?"

„Sie haben nichts finden können ... Es ging ihr bald wieder gut, und sie wurde entlassen. Aber zu Hause tauchten die Beschwerden erneut auf. Sie hat strenge Diät eingehalten, wir haben die Küche überwacht, doch sie schien an einer Art Lebensmittelvergiftung erkrankt zu sein, deren Ursache wir nicht ergründen konnten. Dann haben wir Proben der Gerichte, die sie gegessen hatte, untersuchen lassen, und es stellte sich heraus, dass sie eine bestimmte Substanz enthielten. Es waren immer Speisen, die nur meine Frau zu sich genommen hatte."

„Kurz und gut: Jemand gab ihr Arsen. Stimmt das?"

„Jawohl. In kleinen Dosen, die aber nach und nach immer stärker wirkten."

„Und Sie verdächtigten Ihre Tochter?"

„Nein."

„Ich glaube doch. Wer hätte es sonst tun können? Sie verdächtigten sie."

Restarick seufzte tief. „Ehrlich gestanden – ja."

Als Poirot nach Hause kam, wurde er schon von George erwartet. „Eine Frau namens Edith hat angerufen, Sir."

„Edith?" Poirot runzelte die Stirn.

„Soviel ich verstanden habe, ist sie bei Mrs Oliver angestellt. Sie bat mich, Ihnen mitzuteilen, dass Mrs Oliver im St.-Giles-Krankenhaus liegt."

„Was ist denn mit ihr?"

„Sie hat eins – eins über den Schädel bekommen, wenn ich ihre Worte wiederholen darf, Sir." George verschwieg den Nachsatz: „Sagen Sie ihm, dass es allein seine Schuld ist!"

Poirot schnalzte mit der Zunge. „Ich habe sie gewarnt. Warum können die Frauen nicht auf uns hören ..."

12

„Einen Pfau sollte man kaufen", erklärte Mrs Oliver plötzlich. Ihre Augen waren geschlossen, und ihre Stimme klang schwach, aber zutiefst entrüstet.

Drei Menschen richteten gleichzeitig erstaunte Blicke auf sie. Sie fügte eine weitere lakonische Mitteilung hinzu: „Schlag auf den Kopf."

Mühsam öffnete sie die Augen und versuchte herauszufinden, wo sie war. Das Erste, was sie sah, war das Gesicht eines ihr fremden jungen Mannes, der in einem Notizbuch kritzelte; er hielt den gezückten Bleistift in der Hand.

„Polizei", verkündete Mrs Oliver energisch.

„Wie bitte, Madam?"

„Ich sagte, Sie wären ein Polizist. Habe ich Recht?"

„Ja, Madam."

„Tätlicher Angriff", flüsterte Mrs Oliver und klappte befriedigt die Augen zu. Als sie sie wieder aufschlug, nahm sie die Umwelt klarer wahr. Sie lag in einem hohen, ungeheuer hygienisch wirkenden Krankenhausbett. Nach einem prüfenden Blick erklärte sie: „Krankenhaus, vielleicht auch Sanatorium."

An der Tür stand eine etwas Furcht einflößende Krankenschwester, eine weitere hatte sich vor ihrem Bett postiert. Dann entdeckte sie noch eine vierte Person. „Aha", sagte Mrs Oliver. „Den Schnurrbart gibt's nur einmal. Was tun Sie hier, Monsieur Poirot?"

Hercule Poirot schlich auf Zehenspitzen näher. „Madame, ich hatte Sie so gewarnt!"

„Verirren kann sich jeder", sagte Mrs Oliver. Und dann: „Mein Kopf tut weh."

„Kein Wunder. Wie Sie vermuteten: Sie haben einen Schlag auf den Kopf bekommen."

„Ja. Vom Pfau."

Der Polizist sah beunruhigt auf. „Verzeihung, Madame, behaupten Sie, von einem Pfau überfallen worden zu sein?"

„Aber ja. Mir schwante schon so etwas, eine Art Vorahnung."

„Können Sie mir vielleicht sagen, wo genau Sie überfallen wurden?"

„Keinen Schimmer. Ich habe mich verlaufen. Ich kam von einem Atelier, einem schmutzigen Atelier. Der andere junge Mann hatte sich seit Tagen nicht rasiert. Schmierige Lederjacke übrigens."

„Und er hat sie überfallen?“

„Nein, ein anderer.“

„Wenn Sie mir sagen könnten ...“

„Das tue ich doch, oder? Ich habe ihn vom Café aus beschattet und bin in World’s End ausgestiegen. Natürlich dachte ich, er wäre einen anderen Weg gegangen. Stattdessen war er hinter mir her.“

„Wer?“

„Der Pfau“, sagte Mrs Oliver. „Er hat mich erschreckt. Na ja, ich hatte Angst. Weiß eigentlich nicht, warum. Er war nämlich sehr höflich und sagte: ‚Kommen Sie mit ins Atelier.‘ Ich kroch also die Hühnerleiter rauf, und oben war der andere junge Mann, der schmutzige. Er malte ein Bild, und das Mädchen saß ihm Modell. Sie war ziemlich sauber und recht hübsch. Na, sie waren alle nett und zuvorkommend, und als ich sagte, dass ich gehen müsste, haben sie mir den Weg zur King’s Road beschrieben. Kann aber nicht der richtige gewesen sein, oder ich habe mich verlaufen. Passiert mir öfter. Jedenfalls war ich in einem Elendsviertel dicht am Fluß. Da hatte ich schon keine Angst mehr. Und deswegen habe ich nicht aufgepasst, als mir der Pfau eins über den Kopf gab.“

„Ich glaube, sie fantasiert“, erklärte die Schwester.

„Keine Spur!“, protestierte Mrs Oliver. „Ich weiß genau, was ich sage. Samt und Seide und lange Locken.“

„Ein Pfau in Seide? Ein Pfau, Madame? Sie haben einen Pfau in Chelsea gesehen?“

„Natürlich nicht! Wie kommen Sie denn auf so was? Was soll denn ein Pfau am Themsekai in Chelsea?“

Darauf schien niemand eine Antwort geben zu können.

„Er schlägt Rad", sagte Mrs Oliver. „Deswegen habe ich ihn Pfau getauft. Er gibt an, verstehen Sie? Er ist eitel, stolz auf sein gutes Aussehen, und wahrscheinlich nicht nur darauf." Jetzt wandte sie sich an Poirot. „David Sowieso. Sie wissen schon, wen ich meine."

„Und Sie bleiben dabei, dass dieser David Sie angegriffen und Ihnen den Schlag versetzt hat?"

„Ja, freilich."

„Haben Sie ihn tatsächlich gesehen?", erkundigte sich Hercule Poirot.

„Gesehen habe ich ihn nicht. Ich habe überhaupt nichts gemerkt. Ich glaubte, etwas gehört zu haben, und ehe ich mich umdrehen konnte – war es schon geschehen. Als hätte man eine Tonne Ziegelsteine auf mich geschüttet. So, und jetzt möchte ich schlafen."

13

Als Poirot vom Krankenhaus kam, machte ihm Miss Lemon auf.

„Sie haben zwei Besucher", empfing sie ihn. „Mr Goby und Sir Roderick Horsefield. Wen möchten Sie zuerst sprechen?"

„Sir Roderick Horsefield." In dem Augenblick stürzte Goby aus Miss Lemons Arbeitszimmer. „Ich werde mit George in der Küche Tee trinken", verkündete er und verzog sich.

Poirot betrat das Wohnzimmer, in dem Sir Roderick rüstig auf und ab marschierte. „Hab ich Sie glücklich aufgetrieben, alter Junge“, sagte er herzlich. „War gar nicht so einfach.“

„Ich bin entzückt, Sie zu sehen“, entgegnete Poirot. „Darf ich Ihnen einen Whisky anbieten?“

„Ja, gern.“

Poirot klingelte nach George, der den Whisky und einen Siphon brachte und sich wieder zurückzog.

„Was kann ich für Sie tun?“, erkundigte sich Poirot.

„Meine Papiere wieder beschaffen. Hatte sie in einem Banksafe. Da habe ich sie rausgeholt, um sie durchzusehen. Warum soll ich schließlich keine Memoiren schreiben? Tun die anderen auch alle. Ich habe also meine Papiere geholt und sie zusammen mit der Kleinen sortiert. Und jetzt kommt's: *Die Papiere, die ich gesucht habe, waren nicht da.*“

„Tatsächlich?“

„Tatsächlich. Wir haben erst gedacht, wir hätten sie übersehen, aber ich sage Ihnen, Poirot, man hat sie mir gestohlen! Genau die Briefe, die ich für meine Memoiren brauchte.“

„Was sind das für Briefe?“

„Kann ich Ihnen leider nicht sagen, alter Freund. Das ist hochpolitisch und streng geheim.“

„Ohne nähere Angaben wird es nicht leicht sein, sie wieder zu finden.“

„Zunächst möchte ich wissen, wer sich dafür interessieren könnte.“

„Wer hat die besten Möglichkeiten ...“

„Aha. Ich soll die Kleine beschuldigen. Kommt nicht in Frage. Sie sagt, sie war's nicht, und ich glaube ihr. Verstanden?“

Poirot seufzte leise. „Ja. Wer hatte außerdem Zugang zu den Papieren?“

„Andrew und Mary. Aber Andrew interessiert sich nicht die Bohne dafür. Außerdem kann ich mir ihn einfach nicht als Spion vorstellen. Mary auch nicht. Die hat nur Augen für ihre Rosen. Dann ist da der Gärtner, aber der ist aus dem Dorf. Jetzt ist er dreiundachtzig. Und die Frauen, die im Haus rumwirtschaften und Lärm mit dem Staubsauger machen. Keine Spioninnen, wenn Sie mich fragen. Muss ein Fremder sein, auf jeden Fall. Natürlich, Mary hat eine Perücke.“ Sir Roderick fuhr nach dieser seltsamen Bemerkung fort: „Ich meine, wegen der Perücke könnte man annehmen, dass sie eine Spionin ist. Stimmt aber nicht. Sie war krank und hat mit achtzehn die Haare verloren. Hatte keine Ahnung von der Perücke, aber dann blieb sie in einem Rosenstrauch hängen. Bitter für eine junge Frau, was?“

„Mir war aufgefallen, dass sie so merkwürdig frisiert ist“, sagte Poirot.

„Gute Geheimagenten tragen keine Perücken“, belehrte ihn Sir Roderick. „Die kriegen gleich eine kosmetische Operation verpasst. Trotzdem ist jemand an meine Papiere gegangen.“

„Und dass Sie sie verlegt haben, ist unmöglich? Wann haben Sie sie zuletzt gesehen?“

„Vor einem Jahr vielleicht. Ich weiß genau, dass sie damals alle da waren. Jetzt hat sie einer geklaut.“

„Sie verdächtigen also weder Ihren Neffen noch seine Frau noch das Personal. Wie steht's mit der Tochter?“

„Norma? Hm, bei Norma sind ein paar Schrauben locker. Ich meine, sie könnte eine Kleptomanin sein, aber dass sie in meinen Papieren rumstöbert, kann ich mir nicht vorstellen.“

„Verschließen Sie die Tür Ihres Zimmers – zum Beispiel, wenn Sie nach London fahren?“

„Früher nie. Erst jetzt, wo es keinen Sinn mehr hat. Aber mein Schlüssel passt zu allen anderen Türen. Heutzutage kommen die Leute am hellen Tag ins Haus, trampeln überall herum, laufen in alle Zimmer, brechen die Schmuckkassette auf und hauen wieder ab. Kümmert sich keiner drum. Solche Rockers und Beatniks oder wie man das Pack mit den langen Haaren und schmutzigen Nägeln nennt, habe ich selber im Haus rumschleichen sehen. Vermutlich Normas Freunde. Das wäre früher nicht möglich gewesen. Aber schmeißen Sie sie mal raus, und nachher war's Viscount Endersleigh oder Lady Charlotte Marjoribanks, was dann?“ Er schnaubte. „Gibt nur einen, der dahinter steigen kann ... Sie, Poirot.“ Nach dem letzten Schluck stand er auf. „Na, Sie übernehmen doch den Fall, oder?“

„Ich werde es versuchen“, entgegnete Poirot.

Es klingelte an der Wohnungstür.

„Die Kleine“, sagte Sir Roderick. „Pünktlich auf die Minute. Fabelhaft, was? Könnte ohne sie nicht mehr nach London, wissen Sie. Bin blind wie eine Fledermaus.“

George führte Sonja herein. Sie sah reizend aus. Poirot eilte liebenswürdig auf sie zu.

„*Enchanté*, Mademoiselle.“ Er beugte sich über ihre Hand.

„Hoffentlich habe ich Sie nicht warten lassen, Sir Roderick.“

„Pünktlich auf die Minute, kleines Fräulein“, sagte er. „Und jetzt müssen wir zum Bahnhof.“

„Soll George Ihnen ein Taxi holen?“, fragte Poirot.

„Das Taxi wartet schon unten“, wehrte Sonja ab.

„Na bitte, was habe ich gesagt! Sie denkt eben an alles.“ Sir Roderick klopfte ihr auf die Schulter, und sie dankte ihm mit einem Blick, bei dem Poirot warm ums Herz wurde.

Poirot begleitete sie zur Wohnungstür. Goby war inzwischen aus der Küche in die Diele gekommen, wo er mit viel Talent die Rolle des Mannes mimte, der die Gasleitung überprüfen soll.

Er folgte Poirot ins Wohnzimmer, nahm auf einem steiflehnigen Stuhl Platz, holte ein Notizbuch mit vielen Eselsohren aus der Tasche, schlug es auf und wandte sich an den Siphon.

„Offenbar ist die Familie Restarick völlig okay.“

„Kein einziges schwarzes Schaf, keine – hm – Krankheiten?“

„Ich habe nichts finden können.“

„Wie enttäuschend.“

Goby räusperte sich, feuchtete den Finger an und blätterte um.

„David Baker. Zwei Strafen sind zur Bewährung ausgesetzt worden. Die Polizei hat ein Auge auf ihn. Er soll an einem großen Kunstraub beteiligt gewesen sein, ist ihm aber nicht nachzuweisen. Bevorzugt Freundinnen mit Geld. Lässt sich von ihnen aushalten oder abfinden. Der Kerl taugt nichts, gar nichts, ist aber klug genug, kein Risiko einzugehen. Kennen Sie ihn?“

„Ja.“

„Was halten Sie von ihm, wenn ich fragen darf?“

„Dasselbe wie Sie.“ Nachdenklich fügte Poirot hinzu: „Ein schillernder Typ.“

„Die Frauen rennen ihm nach“, sagte Goby. „Heute hat ein ordentlicher, fleißiger Junge keine Chancen. Die Mädchen schwärmen für Taugenichtse und Tagediebe.“

„Sie erinnern an einen Pfau, der Rad schlägt."

„Kein schlechter Vergleich."

„Können Sie sich vorstellen, dass er jemand mit einem Knüppel niederschlägt?"

Goby versank in Gedanken, schüttelte langsam den Kopf und sprach mit dem Heizofen. „Möglich wär's meiner Meinung nach schon, aber es ist nicht seine Masche. Er macht alles auf die sanfte Tour, Gewalttätigkeit liegt ihm nicht."

„Nein, das habe ich auch nicht angenommen. Sie sagten, man kann ihn kaufen?"

„Wenn es sich für ihn lohnt, lässt der jedes Mädchen sausen. Für Geld bestimmt!"

Poirot nickte. Er erinnerte sich, wie ihm Andrew Restarick das Scheckheft gezeigt hatte. Poirot hatte nicht nur die Unterschrift, sondern auch den Namen gelesen, auf den der Scheck ausgestellt war: David Baker, und die Summe war beträchtlich ...

Goby fuhr nach einem Blick in das Notizbuch fort: „Aus Südafrika habe ich nicht viel erfahren können. Restarick war dauernd unterwegs, in Kenia, Uganda, an der Goldküste und sogar zeitweilig in Südamerika. Er war reich genug, um zu leben, wo es ihm Spaß machte. Verdient hat er auch viel. Alle, die ihn kennen gelernt haben, mochten ihn gut leiden. Aber er hat nie irgendwelche Verbindungen aufrechterhalten, weil er so rumzigeunert ist. Dreimal ist er totgesagt worden. Er verschwand im Busch und tauchte nach fünf Monaten plötzlich wieder auf, manchmal in einer ganz anderen Gegend. Durch den Tod des Bruders hat er anscheinend einen Schock bekommen und sich zur Rückkehr entschlossen, vielleicht auch unter dem Einfluss seiner jungen Frau. Sie soll Lehrerin gewesen sein."

„Sie haben mir so viel Material geliefert, und ich weiß trotzdem noch nicht genug", sagte Poirot. „Sind Sie sicher, dass es in der Umgebung des Mädchens keinen Todesfall gegeben hat? Das ist überaus wichtig ..."

„Nein. Nichts deutet darauf hin. Sie hat in einer Firma gearbeitet, die kurz vor dem Bankrott steht, und nicht viel verdient. Und dass die Stiefmutter kürzlich zur Beobachtung im Krankenhaus war, wissen Sie ja."

„Was ich brauche", sagte Poirot blutrünstig, „ist ein *Todesfall.*"

Goby schüttelte bedauernd den Kopf und stand auf. „Haben Sie weitere Aufträge für mich?"

„Nein, im Augenblick nicht."

Goby steckte das Notizbuch wieder ein. „Sir, entschuldigen Sie die Bemerkung, aber die junge Dame, die eben hier war ..."

„Ja, was ist mit ihr?"

„Ich glaube, es hat mit Ihrem Fall nichts zu tun, aber ich dachte, ich sollte vielleicht erwähnen, dass ich sie vor etwa zwei Monaten gesehen habe."

„Und wo?"

„In den Kew Gardens."

„In Kew Gardens?", fragte Poirot erstaunt.

„Oh, ich habe nicht sie beschattet, sondern den Mann, mit dem sie sich getroffen hat."

„Und wer war das?"

„Er dürfte für Sie kaum von Wichtigkeit sein, Sir. Ein junger Attaché einer ausländischen Botschaft."

Poirot zog die Brauen hoch. „Das interessiert mich sogar sehr. Haben sich die beiden unterhalten?"

„Nein, Sir. Die junge Dame trug ein Buch bei sich. Sie setzte sich auf eine Bank, las ein Weilchen und legte das Buch neben sich. Dann kam er daher und setzte sich auch auf die Bank. Sie haben kein Wort geredet, aber die junge Dame ging bald darauf. Er blieb noch ein bisschen sitzen, dann stand er auch auf und nahm das Buch mit, das die junge Dame vergessen hatte. Das war alles, Sir."

„Das ist wirklich hochinteressant."

Goby verabschiedete sich.

Poirot seufzte erschöpft auf. *„Enfin"*, sagte er, „Was zu viel ist, ist zu viel. Jetzt haben wir auch noch Spionage und Gegenspionage! Und alles, was ich suche, ist nur ein schlichter, simpler Mord. Es würde mich gar nicht mehr wundern, wenn dieser Mord nur im Gehirn einer Rauschgiftsüchtigen stattgefunden hat!"

14

„Chère Madame!" Poirot überreichte Mrs Oliver mit einer Verbeugung ein Bukett.

„Monsieur Poirot! Das ist aber reizend, dass Sie mich besuchen."

„Ich wollte Sie zu Ihrer Genesung beglückwünschen, Madame."

„Mir geht's wieder recht gut – bis auf die scheußlichen Kopfschmerzen."

„Erinnern Sie sich, Madame, ich habe Sie gewarnt, sich ja nicht in Gefahr zu begeben."

„Ja, und das habe ich nicht befolgt. Ich hatte auch ein

ungutes Gefühl dabei. Und Angst. Aber ich habe mir eingeredet, dass das Unsinn sei. Schließlich war ich in London, und um mich herum wimmelte es von Menschen."

Er betrachtete sie prüfend. „Wann haben Sie diese Furcht empfunden?"

„Als ich von der Hauptstraße abbog. Bis dahin war alles ganz normal und spannend und – ja, es hat mir Spaß gemacht, obwohl ich zu meinem Leidwesen feststellen musste, dass es sehr schwer ist, jemand zu verfolgen." Nachdenklich sah sie vor sich hin. „Erst war es wie ein Spiel, aber dann wurde es ernst, weil die Straßen immer enger und verkommener wurden; es kamen Schuppen und freie Flächen und verfallene Häuser ... Ach, ich kann's nicht erklären. Alles war eben anders. Wie in einem Traum. Wissen Sie, man träumt zum Beispiel, man ist auf einer Party, und dann findet man sich plötzlich im Dschungel wieder."

„Im Dschungel?", wiederholte Poirot. „Bemerkenswert, dass Sie das so ausdrücken. Sie glaubten also, in einem Dschungel zu sein, und Sie fürchteten sich vor einem Pfau?"

„Wohl nicht direkt vor ihm. Ein Pfau ist ja kein gefährliches Tier. Ich habe – ich meine, ich empfand ihn als Pfau, weil er so dekorativ ist."

„Sie hatten nicht das Gefühl, verfolgt zu werden?"

„Nein. Keineswegs. Aber er hat mich absichtlich falsch geschickt, davon bin ich überzeugt."

Poirot nickte.

„Natürlich muss der Pfau mich niedergeschlagen haben. Wer denn sonst? Der schmutzige junge Mann in dem schmierigen Zeug? Er roch schlecht, aber er war nicht unheimlich. Und diese kraftlose Frances kann's auch nicht gewesen sein. Sie saß hingegossen auf einem Stuhl und versteckte sich hinter ihren langen schwarzen Haaren. Sie hat mich an eine Schauspielerin erinnert. Haben Sie sie eigentlich mal gesehen?"

„Nein, ich hatte nicht das Vergnügen, falls es eins ist."

„Na, sie ist unordentlich, aber ganz reizvoll. Furchtbar angemalt! Schneeweiß und viel schwarze Tusche und die übliche lange Mähne, die ihr ins Gesicht hängt. Sie arbeitet in einer Gemäldegalerie, dazu passt es ja wohl, dass sie mit diesen Beatniks rumzieht und ihnen Modell steht. Vielleicht hat sie sich in den Pfau verliebt. Für wahrscheinlicher halte ich allerdings den Schmutzfink. Nein, ich kann sie mir nicht vorstellen, wie sie mir eins über den Kopf gibt!"

„Ich hatte noch eine andere Idee, Madame. Vielleicht hat jemand gemerkt, dass Sie David verfolgten, und ist daraufhin Ihnen nachgegangen."

„Schon möglich. Aber wer sollte das sein?"

Poirot seufzte. „Es ist zu kompliziert! Es sind zu viele Menschen und zu viele Dinge auf einmal da. Ich sehe nur das Mädchen klar, das gesagt hat, es könne einen Mord begangen haben. Das ist mein einziger Anhaltspunkt, und sogar da gibt es Schwierigkeiten."

„Was meinen Sie damit?"

„Ich sprach von einem Mord – aber von welchem Mord?"

„Vermutlich von dem an der Stiefmutter."

„Die Stiefmutter ist ja nicht ermordet worden. Sie lebt."

„Sie können einem wirklich auf die Nerven fallen", sagte Mrs Oliver. „Erzählen Sie mir lieber, was Sie unternommen haben, während ich im Krankenhaus war."

Poirot überhörte das. „Wir müssen ganz von vorn anfangen. Sie riefen mich eines Tages an. Ich war niedergeschlagen. Sie, Madame, waren die personifizierte Güte. Sie haben mich getröstet, und Sie haben mir geholfen, das Mädchen zu finden, das gesagt hatte, es habe vielleicht einen Mord begangen! Wer ist ermordet worden? Warum ist er ermordet worden? Bisher suche ich vergebens nach einem Mord."

„Ich komme nochmals auf Mary Restarick zurück. Mit etwas gründlichem Nachforschen hätte man doch bestimmt irgendwo Arsen gefunden, das Norma versteckt hat."

„Das hat man auch."

„Ich geb's auf", stöhnte Mrs Oliver. „Sie wollen einfach nicht glauben, dass Norma ihre Stiefmutter umbringen wollte."

„Einen solchen Mordversuch halte ich durchaus für möglich. Das ist psychologisch erklärbar, wenn man ihre Verfassung in Betracht zieht. Aber es ist nicht *bewiesen.* Das Arsen konnte jeder andere in Normas Zimmer verstecken. Sogar der Ehemann."

„Es scheint eine fixe Idee von Ihnen zu sein, dass Männer immer ihre Frauen umbringen."

„Der Mann ist so nahe liegend, und deshalb denkt man zuerst an ihn. Aber es könnte auch Norma gewesen sein oder jemand vom Personal oder die kleine Ausländerin oder Sir Roderick. Sogar *Mrs Restarick selber* kommt in Frage."

„Unsinn! Wieso denn?"

„Oh, dafür könnte es Gründe geben, vielleicht weit hergeholte, aber möglich wäre es."

„Monsieur Poirot, Sie können doch nicht alle verdächtigen."

„*Mais oui*, das kann ich sehr wohl. Erst verdächtige ich sie, dann suche ich nach Motiven."

„Und welche Motive hat die kleine Ausländerin?"

„Das hängt davon ab, was sie in dem Haus tut, warum sie nach England gekommen ist und von einigem anderen."

„Sie leiden unter Wahnideen!"

„Ihr David kann es auch gewesen sein. Ihr Pfau."

„Das ist zu weit hergeholt, David war nicht im Haus."

„Aber ja. Ich habe ihn selber dort getroffen."

„Aber er hat sicher kein Gift in Normas Zimmer geschmuggelt!"

„Woher wollen Sie das wissen?"

„Die beiden lieben sich doch!"

„Ich gebe zu, dass es so aussieht."

„Sie machen immer alles viel komplizierter, als es ist", klagte Mrs Oliver.

„Nein. Für *mich* ist alles kompliziert gemacht worden. Ich habe nur einen Menschen, von dem ich etwas erfahren kann, und der ist verschwunden."

„Sie meinen Norma? Aber die haben wir doch gefunden, Sie und ich."

„Sie ist aus dem Café davongelaufen, und seitdem habe ich sie nicht mehr gesehen."

„Und Sie haben sie davonlaufen lassen?" Mrs Olivers Stimme zitterte vor unterdrückten Vorwürfen.

„Leider!"

„Und Sie haben nicht versucht, sie wieder zu finden?"

„Das habe ich nicht gesagt."

„Aber Sie haben sie nicht gefunden! Monsieur Poirot, ich bin sehr enttäuscht von Ihnen."

„Es gibt ein bestimmtes Muster", sagte Poirot fast

träumerisch. „Ja, ein Muster, aber ein bestimmter Teil fehlt, und deshalb kann man es nicht richtig erkennen. Verstehen Sie?“

„Nein.“ Mrs Oliver hatte Kopfschmerzen.

Poirot führte sein angefangenes Selbstgespräch fort. Mrs Oliver hörte kaum zu. Sie war wütend auf Poirot und fand, dass die kleine Restarick völlig Recht gehabt hatte. Poirot war tatsächlich zu alt! Da hatte sie nun Norma für ihn entdeckt, hatte ihn angerufen, damit er schnell kam, hatte den Pfau beschattet und das Mädchen Poirot überlassen. Und was hatte Poirot gemacht? Er hatte sie verloren! Nein, sie konnte wirklich nicht feststellen, dass Poirot während des ganzen Falls irgendetwas Sinnvolles getan hatte. Wenn er mit seinem Monolog aufhörte, würde sie es ihm klipp und klar ins Gesicht sagen!

Poirot erläuterte indessen ruhig und methodisch, was er unter „Muster“ verstand. „Eins passt ins andere, deswegen ist es so kompliziert. Eins passt ins andere und dann wieder in ein Drittes, das gar nicht ins Muster zu gehören scheint. Dadurch erweitert sich der Kreis der Verdächtigen. Wessen sind sie verdächtig? Das wissen wir nicht. Wir haben zunächst das Mädchen. Und ich darf mich von dem komplizierten Muster nicht von der Frage ablenken lassen: Ist sie ein unschuldiges Opfer? Ist sie in Gefahr? Oder ist sie mit allen Wassern gewaschen? Spielt sie uns absichtlich etwas vor? Beides ist möglich. Mir fehlt noch eine Kleinigkeit, ein einziger Hinweis. Und den gibt es! Ich weiß, dass es ihn irgendwo gibt.“

Mrs Oliver kramte in ihrer Handtasche. „Warum kann ich das Aspirin nie finden, wenn ich es brauche?“

„Wir haben ein passendes Muster: den Vater, die

Tochter, die Stiefmutter. Die gehören zusammen. Dazu kommt der alte Onkel, bei dem sie wohnen und der ein bisschen gaga ist. Dann das Mädchen Sonja. Die gehört wieder zum Onkel. Sie arbeitet für ihn; sie ist wohlerzogen und liebenswürdig. Er ist von ihr hingerissen und frisst ihr aus der Hand. Aber welche Rolle spielt sie in diesem Haushalt?"

„Meine Güte! Sie will Englisch lernen, weiter nichts."

„Sie trifft sich mit dem Attaché einer ausländischen Botschaft in Kew Gardens. Sie trifft ihn, spricht aber nicht mit ihm. Sie lässt ein Buch liegen, das er an sich nimmt."

„Was reden Sie da?", fragte Mrs Oliver.

„Gehört das nun ins zweite Muster? Das wissen wir noch nicht. Es wirkt unwahrscheinlich, muss es aber nicht sein. Ist Mary Restarick zufällig auf etwas gestoßen, das für das Mädchen gefährlich werden könnte?"

„Jetzt erzählen Sie bloß nicht, dass es sich um einen Spionagefall handelt!"

„Das behaupte ich auch nicht. Ich überlege nur."

„Sie haben selbst gesagt, dass Sir Roderick senil ist."

„Darum geht es nicht. Im Krieg war er ein einflussreicher Mann und hatte sicher mit wichtigen Dokumenten zu tun."

„Aber das ist doch Ewigkeiten her!"

„Trotzdem kann die Vergangenheit eine Rolle spielen. Vielleicht gibt es Briefe, die eine bestimmte Person in einem ganz anderen Licht erscheinen lassen! Vielleicht hat deshalb jemand ein Interesse daran, sie zu vernichten oder sie einer ausländischen Regierung zuzuleiten. Wer ist dazu besser in der Lage als eine reizende junge Dame, die einem älteren berühmten Mann hilft, das Material für seine Memoiren zusammenzustellen?

Wenn nun der Stiefmutter an dem Tag etwas ins Essen getan wird, an dem die hilfsbereite Sekretärin kocht? Und wenn sie es nun so arrangiert, dass der Verdacht auf Norma fällt?"

„Also das ist einfach zu viel!"

„Ja, eben. Zu viele Muster auf einmal. Welches ist das richtige? Das Mädchen Norma geht nach London. Sie teilt mit zwei anderen eine Wohnung. Die beiden Mädchen sind ihr fremd, aber was stellt sich heraus? Claudia Reece-Holland ist die Privatsekretärin von Normas Vater. Zufall? Oder steckt etwas dahinter? Das andere Mädchen ist ein Malermodell und kennt den so genannten Pfau, in den Norma Restarick verliebt ist. Verbindungen über Verbindungen. Und welche Rolle spielt David – der Pfau – in der Geschichte? Ist er in Norma verliebt? Es sieht so aus. Ihre Eltern lehnen ihn ab, was nur natürlich und verständlich ist."

„Die Sache mit Claudia Reece-Holland ist allerdings komisch", gab Mrs Oliver nachdenklich zu. „Sie ist außergewöhnlich tüchtig, wenigstens wirkt sie so. Vielleicht hat sie die Frau aus dem siebten Stock aus dem Fenster gestoßen."

Poirot drehte sich langsam zu ihr um. „Was sagen Sie da?"

„Ach, eine Frau aus dem Wohnblock. Ich weiß nicht mal, wie sie heißt. Aber sie ist im siebten Stock aus dem Fenster gefallen – oder hat sich selber rausgestürzt."

Poirot wurde hochrot. „Und das haben Sie mir nicht erzählt?"

Mrs Oliver starrte ihn verblüfft an. „Was meinen Sie damit?"

„Ich frage Sie dauernd nach einem Todesfall. Und Sie sagen, es gibt keinen. Sie denken an nichts anderes als an den versuchten Giftmord. *Dabei gibt es einen Todesfall.* In den Borodene Mansions. Wann ist das gewesen?“

„Der Selbstmord? Das muss etwa eine Woche vor meinem ersten Besuch dort gewesen sein.“

„Großartig! Wie haben Sie davon erfahren?“

„Ein Milchmann hat es mir erzählt.“

„Und wie hieß die Frau?“

„Keine Ahnung. Er hat den Namen nicht erwähnt.“

„Wie alt?“

Mrs Oliver dachte nach. „Er meinte, so um die fünfzig.“

„Hm. Haben die drei Mädchen sie gekannt?“

„Woher soll ich das wissen? Erwähnt haben sie sie nicht.“

„Und Sie haben mir das einfach nicht erzählt!“

„Ach, Monsieur Poirot, ich verstehe wirklich nicht, was das mit unserem Fall zu tun haben soll.“

„Aber es existiert eine Verbindung: Unser Mädchen Norma wohnt in diesem Haus; eines Tages begeht dort jemand Selbstmord. Eine Frau fällt oder stürzt sich aus einem Fenster im siebten Stock und *stirbt*. Und dann? Ein paar Tage später kommt Norma zu mir, weil Sie auf einer Party meinen Namen erwähnt haben; sie erklärt, es sei möglich, dass sie einen Mord begangen habe. Verstehen Sie denn nicht? Ein Todesfall – und gleich darauf glaubt jemand, er könne einen Mord begangen haben. Ja, *das muss der Mord sein.*“

Mrs Oliver hätte gern „Blödsinn!“ gesagt, wagte es aber nicht.

„Das muss also die Tatsache sein, die ich noch nicht kannte. Das ist das Verbindungsglied! Ich muss jetzt nach Hause gehen und so lange nachdenken, bis alles ineinander greift. Endlich sehe ich einen Weg." Er erhob sich, murmelte: *„Adieu, chère Madame!"*, und verließ schnell das Zimmer.

Mrs Oliver machte ihren Gefühlen Luft. „Blödsinn", sagte sie laut. „So ein horrender Blödsinn! Ob ich wohl vier Aspirin nehmen kann?"

15

Hercule Poirot saß in seinem Zimmer und überlegte. Wie bei einem Puzzlespiel fügten sich seine Gedanken allmählich zu einem klaren Bild ...

Eine Frau, die mit gesenktem Kopf einen Rosenstock beschnitt und sich zu ihm umdrehte ... Goldenes Haar mit Wellen und Locken. Der alte Sir Roderick hatte gesagt, sie müsse eine Perücke tragen. Dadurch wirkte ihr Kopf zu schwer, zu statisch, zu ordentlich ... Das Zimmer, in das sie gegangen waren ... Zwei Porträts an den Wänden. Eine Frau im taubengrauen Kleid. Ein schmallippiger Mund, graubraunes Haar. Offenbar älter als ihr Mann. Sein Bild hing gegenüber. Damals hatte er es nicht so genau gesehen wie später in Restaricks Büro ...

George erschien und schloss vorsichtig die Tür hinter sich. „Eine junge Dame möchte Sie sprechen, Sir. Dieselbe, die neulich schon mal hier war."

Poirot fuhr auf.

„Die junge Dame, die mich beim Frühstück gestört hat?"

„Nein, Sir. Die Begleiterin von Sir Roderick Horsefield."

„Ach?" Poirot zog die Brauen hoch. „Führen Sie sie herein, George."

Sonja stand bereits auf der Schwelle. „Es war schwierig, mich freizumachen, aber ich musste kommen und Ihnen sagen, dass ich diese Briefe nicht genommen habe. Ich habe nichts gestohlen!"

„Hat Ihnen das jemand vorgeworfen?", fragte Poirot. „Nehmen Sie Platz, Mademoiselle."

„Danke, ich habe wenig Zeit. Ich bin nur hier, um Ihnen zu sagen, dass das nicht stimmt. Ich bin keine Diebin."

„Ich verstehe. Sie wollen damit sagen, dass Sie weder Papiere, Briefe, Dokumente noch vertrauliche Mitteilungen Sir Rodericks weitergegeben haben. Das meinen Sie doch, nicht wahr?"

„Ja. *Er* glaubt mir. *Er* weiß, dass ich so was nie tun würde."

„Gut. Ich habe Ihre Erklärung zur Kenntnis genommen."

„Glauben Sie, dass Sie die Papiere finden werden?"

„Ich bin im Moment sehr beschäftigt", sagte Poirot. „Sir Rodericks Papiere sind noch nicht dran."

„Er ist sehr beunruhigt. Und es gibt etwas, das ich ihm nicht sagen kann, aber Sie sollen es wissen: *Er verliert dauernd etwas.* Die Sachen sind nie da, wo er sie sucht. Er verlegt alles. Natürlich verdächtigen Sie mich. Alle verdächtigen mich, weil ich Ausländerin bin, weil – weil sie glauben, ich stehle geheime Dokumente, wie die Leute in den dummen englischen Spionageromanen. Aber das tue ich nicht. Ich bin eine Intellektuelle!“

„Aha“, sagte Poirot. „Gut zu wissen. Wollen Sie mir sonst noch etwas mitteilen?“

„Warum?“

„Es könnte doch sein.“

„Womit sind Sie so beschäftigt?“

„Ich möchte Sie nicht aufhalten. Heute ist sicher Ihr freier Tag?“

„Ja. Ich habe einen freien Tag in der Woche. An dem kann ich machen, was ich will. Ich kann nach London fahren. Ich kann ins Britische Museum gehen ...“

„Ja, und ins Victoria-und-Albert-Museum sicher auch? Und in die Nationalgalerie, wenn Sie sich Gemälde ansehen wollen. Und bei gutem Wetter können Sie in den Kensington-Park oder sogar nach *Kew Gardens*, nicht wahr?“

Sie erstarrte und maß ihn mit einem ärgerlichen, fragenden Blick. „Warum erwähnen Sie *Kew Gardens*?“

„Weil dort so interessante Pflanzen und Bäume sind. Es kostet höchstens Twopence Eintritt. Dafür sehen Sie echte Tropenbäume, und Sie können sich auf eine Bank setzen und ein Buch lesen.“ Er lächelte sie entwaffnend an und verzeichnete zufrieden, dass sie noch nervöser wurde. „Aber ich möchte Sie wirklich nicht aufhalten, Mademoiselle. Sie wollen sicher noch Freunde besuchen. Vielleicht an Ihrer Botschaft ...“

„Wie kommen Sie darauf?“

„Oh, aus keinem bestimmten Grund. Sie haben ja selbst betont, dass Sie hier fremd sind, und daher dachte ich, dass Sie sicher bei der Botschaft Freunde haben.“

„Jemand hat Ihnen etwas über mich erzählt, hat mich

beschuldigt! Aber ich sage Ihnen: Er ist ein armer alter Mann, der dauernd alles verlegt. Und er weiß gar nichts Wichtiges. Er hat nie geheime Dokumente oder Briefe gehabt. Nie!“

„Wie können Sie das behaupten, Mademoiselle? Seinerzeit hatte er eine bedeutende Funktion und dadurch Zugang zu wichtigen Geheimsachen.“

„Sie wollen mir Angst machen.“

„Keineswegs.“

„Mrs Restarick steckt dahinter! Sie mag mich nicht.“

„Mir hat sie nichts dergleichen gesagt.“

„Ich kann sie auch nicht leiden. Ich traue ihr nicht. Sie hat Geheimnisse.“

„Ach?“

„Ja. Vor ihrem Mann bestimmt. Ich glaube, sie fährt nach London, um sich mit einem anderen zu treffen.“

„So? Das ist aber interessant. Sie meinen, dass sie sich mit einem anderen Mann trifft?“

„Ja. Sie ist so oft in London, ohne es ihrem Mann zu erzählen, oder sie sagt, sie ginge zum Einkaufen. Er hat so viel zu tun, dass er nicht darüber nachdenkt, warum seine Frau so oft in London ist. Sie ist mehr in London als zu Hause. Trotzdem sagt sie immer, wie gern sie im Garten arbeitet!“

„Aber Sie wissen nicht, mit welchem Mann sie sich trifft?“

„Woher soll ich das wissen? Ich verfolge sie doch nicht. Mr Restarick hat keinen Verdacht. Er glaubt alles, was sie ihm erzählt. Vielleicht denkt er dauernd an sein Büro. Und dann macht er sich wohl Sorgen um seine Tochter.“

„Ja. Das glaube ich auch“, bestätigte Poirot. „Was wissen Sie über die Tochter? Wie gut kennen Sie sie?“

„Nicht sehr gut. Aber wenn Sie meine Meinung hören wollen, ich glaube, sie ist verrückt."

„Sie halten sie für verrückt? Warum?"

„Sie redet so komisch, und sie sieht Dinge, die gar nicht da sind."

„Zum Beispiel?"

„Leute, die nicht da sind. Manchmal ist sie ganz aufgeregt; und manchmal scheint sie zu träumen. Wenn man mit ihr redet, hört sie einen nicht. Sie gibt keine Antwort. Ich glaube, es gibt Menschen, über deren Tod sie sich freuen würde."

„Sie meinen Mrs Restarick?"

„*Und* ihren Vater. Sie sieht ihn an, als ob sie ihn hasste."

„Weil beide sie daran hindern wollen, den jungen Mann zu heiraten, den sie liebt?"

„Ja. Natürlich haben sie Recht damit, aber sie ist wütend. Eines Tages", sagte Sonja und nickte fröhlich, „wird sie sich noch umbringen. Ich hoffe es natürlich nicht, weil es so dumm ist, aber wenn jemand sehr verliebt ist, kommt es vor." Sie zuckte bedauernd die Achseln. „Na – ich muss gehen."

„Sagen Sie mir noch etwas. Trägt Mrs Restarick eine Perücke?"

„Eine Perücke? Woher soll ich das wissen?" Dann überlegte sie.

„Vielleicht. Es ist so praktisch auf Reisen. Und außerdem sehr modern. Ich trage manchmal auch eine, eine grüne! Na, früher wenigstens."

Und damit ging sie.

16

„Heute habe ich viel vor“, verkündete Hercule Poirot, als er am nächsten Morgen vom Frühstückstisch aufstand und zu Miss Lemon ging. „Haben Sie alles arrangiert?“

„Natürlich. Hier.“ Sie reichte ihm eine kleine Ledermappe. Poirot überprüfte rasch den Inhalt und nickte. „Auf Sie kann ich mich immer verlassen, Miss Lemon. *C'est fantastique.*“

Hercule Poirot nahm ein Taxi, fuhr zu den Borodene Mansions und besichtigte zunächst den Hof. Ein uniformierter Portier stand unter einer der Eingangstüren; er pfiff eine trübselige Melodie, als Poirot auf ihn zukam. „Bitte, Sir?“

„Können Sie mir vielleicht über den traurigen Vorfall Auskunft geben, der sich kürzlich zugetragen hat?“

„Was denn für ein trauriger Vorfall, Sir? Ich wüsste nicht ...“

„Eine Dame hat sich – na, sagen wir lieber – ist aus dem Fenster gestürzt und dabei zu Tode gekommen.“

„Ach, das. Darüber kann ich gar nichts sagen. Ich bin erst seit einer Woche hier. He, Joe!“

Von der entgegengesetzten Seite des Blocks näherte sich ein anderer Portier.

„Du weißt doch sicher was über die Dame, die aus dem Fenster gefallen ist. Vor ’nem Monat, stimmt's?“

„Ist noch keinen Monat her“, sagte Joe, ein älterer, bedächtig sprechender Mann. „Scheußliche Sache war das.“

„War sie sofort tot?“

„Ja."

„Wie war ihr Name? Es kann nämlich sein, dass sie eine entfernte Verwandte von mir war."

„Das täte mir aber Leid, Sir. Mrs Charpentier hieß sie."

„Wohnte sie schon lange hier?"

„Ein Jahr, nein, anderthalb Jahre vielleicht. In Nr. 76, im siebten Stock."

„Das ist der oberste Stock?"

„Ja, Sir. Mrs Charpentier."

„Um welche Tageszeit ist es denn passiert?"

„Um fünf oder sechs Uhr morgens, glaube ich. Sie ist einfach runtergefallen. Und obwohl's so früh war, wimmelte es gleich von Menschen."

„Und die Polizei war sicher auch da?"

„Ja, sofort. Und ein Arzt und ein Krankenwagen. Das Übliche eben ..."

„Und aus den anderen Wohnungen sind wohl ebenfalls viele Mieter gekommen, sobald sie hörten, was passiert ist?"

„Das waren nicht so viele. Bei dem Straßenlärm kriegt man so was gar nicht mit. Manche haben zwar gesagt, sie hätte geschrien, als sie runterfiel, aber trotzdem ... Es waren fast nur Leute da, die es von der Straße aus beobachtet hatten. Na, und die haben dann über die Einzäunung geschaut, und andere haben's ihnen nachgemacht. Sie wissen ja, wie das bei 'nem Unfall ist."

Poirot nickte.

„Sie hat allein gelebt?"

„Ja, Sir."

„Na, sie wird wohl Freunde und Bekannte im Haus gehabt haben?"

Joe zuckte die Achseln. „Kann schon sein. Im Restaurant hab ich sie nie mit einem von unsern Mietern gesehen. Sie hat wohl mal Gäste zum Essen dagehabt, aber das waren Fremde. Nein, ich glaub nicht, dass sie hier mit jemand befreundet war. Aber am besten sprechen Sie mal mit Mr McFarlane", sagte Joe, der allmählich nervös wurde. „Das ist der Hausverwalter."

„Ja, danke, das werde ich tun."

„Das Büro ist da drüben, Sir. Im Parterre. An der Tür ist ein Schild."

Poirot ging in die angegebene Richtung und entnahm der Mappe den obersten Brief, der an Mr McFarlane adressiert war.

McFarlane war ein gut aussehender Mann Mitte vierzig, mit intelligentem und offenen Gesicht. Poirot reichte ihm den Brief, den er öffnete und las. „Aha. Die Hauseigentümer haben mich beauftragt, Ihnen alles zu sagen, was über den Tod von Mrs Louise Charpentier bekannt ist. Was möchten Sie wissen, Monsieur ... Monsieur Poirot?"

„Das ist selbstverständlich streng vertraulich", sagte Poirot. „Die Verwandten sind von der Polizei und von einem Anwalt benachrichtigt worden, aber da ich gerade nach England fuhr, haben sie mich gebeten, mich persönlich zu erkundigen."

„Ich will Ihnen gern alles sagen, was ich weiß."

„Wie lange hat sie hier gewohnt, und wie ist sie an die Wohnung gekommen?"

„Sie wohnte seit etwa zwei Jahren hier. Den genauen Termin kann ich nachsehen. Eine Wohnung wurde damals frei, und wahrscheinlich war die Dame, die fortzog, eine Bekannte von ihr. Eine Mrs Wilder, die für die BBC arbeitete und dann nach Kanada ging. Eine sehr nette Dame – ich glaube kaum, dass sie die Verstorbene gut gekannt hat. Wahrscheinlich hat sie nur erwähnt, dass ihre Wohnung frei würde, und Mrs Charpentier gefiel sie."

„War sie eine angenehme Mieterin?"

Nach einer winzigen Pause antwortete McFarlane: „Hm ... ja."

„Sie können mir ruhig alles sagen", ermunterte ihn Hercule Poirot lächelnd. „Bisschen viele laute Partys, wie? Sie – sie war vielleicht etwas rücksichtslos?"

McFarlane ging nun mehr aus sich heraus. „Es kamen gelegentlich Beschwerden, aber meistens von älteren Leuten." Auf eine entsprechende Geste Poirots nickte er. „Ja, sie hat wohl gern getrunken, Sir. Und ihre Freunde ebenfalls. Dadurch kam es im Haus zu Scherereien."

„Und für Männer hatte sie was übrig?"

„Ach, das möchte ich eigentlich nicht behaupten."

„Na ja, ist doch nichts dabei ..."

„So jung war sie auch nicht mehr."

„Für wie alt hätten Sie sie gehalten?"

„Schwer zu sagen – vierzig, fünfundvierzig. Sie soll übrigens kränklich gewesen sein."

„Ja. Das weiß ich."

„Zu viel getrunken hat sie zweifellos. Und dann kriegte sie Depressionen. Bildete sich ein, krank zu sein, und rannte unentwegt zum Arzt. Sie wissen ja, wie Frauen in dem Alter sind. Sie muss befürchtet haben, sie hätte Krebs. Der Arzt hat sie beruhigt, aber sie hat es ihm nicht geglaubt. Bei der Leichenschau hat er gesagt, sie wäre ganz gesund gewesen. Na ja, leider hört man so was oft. Sie hat sich regelrecht ruiniert, und eines schönen Tages ..." Er nickte.

„Traurig", meinte Poirot. „Hatte sie hier im Haus irgendwelche Freunde?"

„Ich glaube nicht. Bei uns gibt's das kaum. Unsere Mieter sind fast alle berufstätig und viel unterwegs."

„Ich dachte an Miss Claudia Reece-Holland und überlegte, ob die beiden sich wohl gekannt haben."

„Miss Reece-Holland? Nein, vermutlich nicht. Gekannt haben sie sich wahrscheinlich, vielleicht auch gelegentlich ein Wort miteinander gewechselt – aber gesellschaftliche Beziehungen waren da wohl nicht. Schon der Altersunterschied, ich meine ..."

Poirot sah ihn neugierig an. „Eine der jungen Damen, die bei Miss Holland wohnen, hat sie gekannt. Miss Norma Restarick, glaube ich."

„Ach? Darüber weiß ich nichts. Sie wohnt noch nicht lange hier. Ich kenne sie nur vom Sehen. Sie wirkt immer so ängstlich. Noch sehr jung, vermutlich kommt sie direkt von der Schule. Kann ich noch etwas für Sie tun, Sir?"

„Nein, vielen Dank. Sie waren sehr freundlich. Oder könnte ich vielleicht die Wohnung sehen ... Um in Frankreich sagen zu können ..." Poirot verstummte.

„Warten Sie. Jetzt wohnt Mr Travers dort. Er ist tagsüber fort. Ja, kommen Sie bitte mit, Sir."

Sie fuhren in den siebten Stock. Als McFarlane den Schlüssel ins Schloss steckte, löste sich eine der Zahlen von der Tür und verfehlte um Haaresbreite Poirots Lackschuh. Er bückte sich, hob sie auf, bog den daran befestigten Nagel zurecht und heftete sie sorgfältig wieder fest.

„Tut mir Leid, Sir. Die Nummern gehen so leicht ab. Ich muss das in Ordnung bringen lassen."

Sie betraten ein unpersönliches Wohnzimmer. Poirot ging zum Fenster. „War es dies?", murmelte er gefühlvoll.

„Ja. Das linke. Es hat einen Balkon."

Poirot beugte sich vor und blickte auf den Hof. „Sieben Stockwerke! Wie hoch das ist!"

„Ja, sie war sofort tot. Ein Glück für sie, muss man sagen. Natürlich könnte es auch ein Unfall gewesen sein."

Poirot schüttelte den Kopf. „Das kann nicht Ihr Ernst sein, Mr McFarlane. Sie muss es mit Absicht getan haben!"

„Ich wollte nur die Möglichkeit offen lassen, Sir. Sie war wohl sehr unglücklich."

„Haben Sie vielen Dank für Ihre Liebenswürdigkeit", sagte Poirot. „Nun kann ich den Verwandten in Frankreich doch Genaueres berichten."

Er war enttäuscht. Seine Theorie, dass der Tod der Louise Charpentier von Bedeutung sein müsse, hatte sich nicht erhärtet. Und dann verabschiedete er sich von McFarlane.

17

Chefinspektor Neele beendete seinen Vortrag über die Familie Restarick und sah Poirot erwartungsvoll an. „Na, konnte ich dir irgendwelche Neuigkeiten bieten, alter Junge?"

„Das war mir alles bekannt", sagte Poirot. „Gibt's irgendwo in der Familie Geisteskrankheiten?"

„Bis auf die alte Tante mit dem religiösen Wahn wüsste ich nichts. Und das ist bei allein stehenden Frauen nichts Ungewöhnliches.“

„Also läuft alles nur darauf hinaus, dass sie reich sind?“

„Stinkreich“, bestätigte Chefinspektor Neele. „Aber ehrlich erworben. Einen Teil der Vermögenswerte hat Andrew Restarick in die Firma eingebracht. Wenn all die südafrikanischen Besitzungen erst mal zum Tragen kommen, schwimmt die Familie in Geld.“

„Und wer erbt?“

„Das hängt von Andrew Restarick ab, aber vermutlich wohl die Frau und die Tochter.“

„Eine andere Frau spielt bei ihm demnach keine Rolle?“

„Zumindest ist nichts bekannt. Kommt mir auch unwahrscheinlich vor. Er hat eine hübsche, junge Frau.“

„Und ein junger Mann könnte das alles leicht in Erfahrung bringen, nicht wahr?“, fragte Poirot nachdenklich.

„Um dann die Tochter zu heiraten, meinst du? Nein, daran kann ihn niemand hindern, selbst wenn ein gerichtlicher Vormund bestellt würde. Natürlich könnte der Vater sie enterben.“

Poirot studierte die Liste, die er in der Hand hielt. „Was ist mit der Wedderburn-Galerie?“

„Wie bist du denn auf die gestoßen? Hat dich ein Klient wegen einer Fälschung um Rat gefragt?“

„Handeln sie etwa mit Fälschungen?“

„Damit handelt doch niemand!“, tadelte ihn Neele streng. „Aber es hat Ärger gegeben. Ein Millionär aus Texas hat Bilder gekauft und Unsummen dafür bezahlt. Sie haben ihm einen Renoir und einen van Gogh angedreht. An dem Renoir, ein kleiner Mädchenkopf, war etwas faul. Ein Anlass, den guten Glauben der Galerie beim Ankauf zu bezweifeln, bestand nicht. Und so kam es zu einem Prozess. Man holte zahlreiche Sachverständigengutachten ein, und die waren wie immer widersprüchlich. Die Galerie wollte das Bild zurücknehmen, aber der Millionär hat es behalten, weil der letzte und berühmteste Experte auf die Echtheit schwor. Trotzdem hat die Galerie seither keinen sehr guten Ruf."

Poirot prüfte abermals die Liste. „Was ist mit David Baker? Hast du was über den gefunden?"

„Der gehört zu einer von den Gangs, die Bars unsicher machen. Sie leben von Preludin, Heroin und Coke. Die Mädchen rennen wie wild hinter ihnen her. Er ist der Typ, bei dem sie sentimental werden und den sie für ein verkanntes Genie halten. Wenn du mich fragst: nichts als guter alter Sex."

„Was weißt du über Mr Reece-Holland?"

„Ein erfolgreicher Politiker und blendender Redner; sonst hat's mal Gerede über etwas sonderbare geschäftliche Transaktionen gegeben, aber da hat er sich geschickt wieder rausgewunden. Ein aalglatter Bursche. Hat ziemlich viel Geld dabei verdient."

Inzwischen war Poirot beim letzten Punkt der Liste angelangt. „Und Sir Roderick Horsefield?"

„Nett, aber gaga. Wo du deine Nase aber auch überall reinsteckst, Poirot! *Special Branch* hat im Moment viel Ärger mit den Memoirenschreibern. Kein Mensch weiß, wer als Nächster mit Enthüllungen aufwartet. Alle diese alten Knaben wetteifern darin, sich gegenseitig anzuschwärzen. Meist spielt es keine Rolle, aber gelegentlich treten sie in zu viele Fettnäpfchen oder veröffentlichen das Falsche, und dann müssen wir die Sache ausbaden und die alten Knacker zum Schweigen bringen. Und die haben manchmal Haare auf den Zähnen! Aber darüber kannst du bei *Special Branch* mehr erfahren. Ein paar von ihnen haben Unterlagen aufgehoben, die längst vernichtet gehörten. Viel ist wohl nicht dran, aber eine ausländische Macht soll sich lebhaft dafür interessieren."

Poirot seufzte tief auf.

„Das war nicht das, was du wissen wolltest, wie?"

„Oh, ich bin froh, dass du mir zu offiziellen Informationen verholfen hast, aber leider war für mich zu wenig Neues dabei." Er seufzte noch einmal und fragte dann: „Was würdest du davon halten, wenn dir jemand beiläufig erzählt, dass eine bestimmte Frau – eine junge, hübsche Frau – eine Perücke trägt?"

„Da ist doch nichts dabei. Meine Frau trägt auf Reisen oft eine. Sie findet es sehr praktisch."

„Nichts für ungut", sagte Hercule Poirot.

Beim Abschied erkundigte sich Chefinspektor Neele: „Hast du die Unterlagen über den Selbstmordfall in dem Wohnblock bekommen, die du haben wolltest? Ich hab sie dir geschickt."

„Ja, danke. Aber eben nur das offizielle Protokoll ..."

„Dazu ist mir eben noch was eingefallen. Du hast mich doch nach Reece-Holland gefragt. Der lässt auch nichts anbrennen, sieht sich aber höllisch vor. Louise Charpentier ist eine Zeit lang seine Geliebte gewesen, das war's."

„Eine feste Bindung?"

„Glaub ich nicht. Sie waren gemeinsam in zweifelhaften Bars und so – auf solche Dinge müssen wir ja ein Auge haben. In die Presse ist allerdings nie was gekommen. Es hat eine ganze Weile gedauert, ein halbes Jahr sicher. Aber vermutlich war sie nicht die Einzige; und er bei ihr auch nicht. Du siehst nicht so aus, als könntest du damit viel anfangen, Poirot."

Poirot hob die Schultern. Als er in den Lift trat, dachte er: „Immerhin, es ist ein weiteres Glied. Jetzt weiß ich, warum McFarlane so gestottert hat. Wahrscheinlich ist es nicht von Bedeutung. Aber trotzdem ... Ach, ich weiß einfach zu viel", sagte sich Poirot ärgerlich. „Ich weiß zu viel. Von allen weiß ich etwas, aber die Hälfte davon ist unbrauchbar. Ich brauche das Muster!"

„Ein Königreich für ein Muster!", sagte er plötzlich laut.

„Wie bitte, Sir?" Der Fahrstuhlführer sah ihn verdutzt an.

„Oh, nichts."

18

Poirot blieb im Eingang zur Wedderburn-Galerie stehen, um ein Bild zu betrachten, auf dem drei bösartig aussehende, überdimensionale Kühe von einem komplizierten Windmühlenmotiv überragt wurden.

„Interessant, nicht wahr?", fragte eine einschmeichelnde Stimme. Dicht neben ihm tauchte ein Mann auf, dessen Lächeln eine fast abnorme Menge schneeweißer, schöner Zähne freigab.

„Es strahlt so viel Frische aus!" Er hatte große, blasse, plumpe Hände, mit denen er durch die Luft wedelte. „Das war eine interessante Ausstellung. Aber sie wurde letzte Woche geschlossen. Vorgestern haben wir die Claude-Raphael-Ausstellung eröffnet. Die wird ein großer Erfolg werden. Ein sehr großer Erfolg."

„Ach", entgegnete Poirot einsilbig, während er durch einen grauen Samtvorhang in einen lang gestreckten Raum geführt wurde. Der dickliche Mann war ein geschickter Verkäufer. Sofort vermittelte er Poirot das Gefühl, ein willkommener Gast zu sein, der den ganzen Tag in der Galerie bleiben konnte, auch wenn er nichts kaufte und einfach nur aus Freude die Bilder betrachten wollte.

Da nun freundliche Beziehungen hergestellt waren und offenbar Zeit in Hülle und Fülle zur Verfügung stand, sagte Poirot: „Arbeitet nicht Miss Frances Cary bei Ihnen?"

„Ja. Frances ist sehr tüchtig und hat viel Kunstverstand. Sie ist selbst eine gute Malerin, aber eben doch nicht Spitzenklasse. Das Geschäftliche liegt ihr mehr. Das weiß sie wohl auch selbst."

„Ich habe gehört, dass sie sich um die Maler bemüht?"

„Oh ja, besonders um *Les Jeunes*. Sie fördert sie sehr. Im Frühjahr hat sie mich überredet, eine Gruppe junger Künstler auszustellen. Wir haben gute Kritiken gehabt und recht ordentlich verkauft. Ja, sie hat einige besondere Schützlinge."

„Ach, wissen Sie, ich bin ein bisschen altmodisch. Manche von diesen jungen Männern sind mir einfach zu ..." Poirot hob die Hände.

„Sie dürfen nicht nach Äußerlichkeiten urteilen." Boscombe lächelte nachsichtig. „Solche Moden wie

Bärte und Bluejeans oder Brokat und lange Locken kommen und gehen."

„David ... ich hab den Nachnamen vergessen. Miss Cary scheint viel von ihm zu halten."

„Sie meinen doch nicht etwa Peter Cardiff? Im Augenblick ist das ihr Protegé. Aber ich bin nicht so sehr von ihm begeistert. Der ist schon nicht mehr Avantgarde, sondern eher reaktionär. So ein bisschen Burne-Jones, wissen Sie, aber das muss man abwarten. Sie sitzt ihm übrigens manchmal Modell."

„David Baker – das war der Name!", rief Poirot.

„Nicht schlecht." Boscombe war nicht sehr begeistert. „Meiner Meinung nach ist er nicht originell genug. Er gehört zu den jungen Künstlern, von denen ich sprach. Ein guter Maler, aber nichts Sensationelles."

Poirot fuhr nach Hause. Miss Lemon hatte Briefe, die er unterschreiben musste. George servierte ihm ein *omelette fines herbes*. Nach dem Lunch, als Poirot es sich in seinem Ohrensessel bequem machte und Kaffee trank, klingelte das Telefon.

„Mrs Oliver, Sir", sagte George und brachte ihm den Apparat.

„Na, was machen Sie? Was haben Sie unternommen?"

„Ich sitze in meinem Sessel und denke nach."

„Ist das alles?"

„Es ist das, worauf es ankommt", sagte Poirot. „Ob ich damit Erfolg haben werde, weiß ich allerdings noch nicht."

„Aber Sie müssen das Mädchen finden. Anscheinend wurde sie doch entführt!"

„Es sieht so aus. Übrigens habe ich gerade von ihrem

Vater einen Brief bekommen, in dem er dringend um meinen Besuch bittet. Er will wissen, ob ich Fortschritte erzielt habe."

„Und wie steht's damit?"

„Bisher nichts."

„Warum fahren Sie denn nicht nach Chelsea – zu dem Atelier, wo ich eins über den Kopf bekommen habe?"

„Um auch eins über den Kopf zu bekommen?"

„Ich verstehe Sie einfach nicht!", stöhnte Mrs Oliver. „Ich habe doch das Mädchen gefunden."

„Ja, ich weiß, ich weiß."

„Und dann lassen Sie sie glatt davonlaufen!"

„Ich weiß, ich weiß."

„Was ist mit der Frau, die sich aus dem Fenster gestürzt hat? Ist da was rausgekommen?"

„Nichts. Das Übliche: Erst war sie jung und hübsch und hatte viele Affären, dann wurde sie älter und unglücklich und trank zu viel. Schließlich glaubte sie, Krebs zu haben, war verzweifelt und einsam und stürzte sich aus dem Fenster."

„Sie haben doch gesagt, ihr Tod sei wichtig; er habe eine Bedeutung."

„In der Tat."

„Ach", seufzte Mrs Oliver und legte den Hörer auf.

Poirot lehnte sich zurück und dachte weiter nach. Dabei stellte er sich drei Fragen: „Was weiß ich? Worauf kann ich hoffen? Was soll ich tun?"

„Vielleicht bin ich wirklich zu alt", murmelte er erbittert und wandte sich der ersten Frage zu. „Was weiß ich?"

Wieder gelangte er zu dem Resultat, dass er zu viel wusste, und schob die Beantwortung zunächst auf.

„Worauf kann ich hoffen?" Nun, er konnte darauf

hoffen, dass sein Gehirn, das so viel besser funktionierte als jedes andere, ihm demnächst die Lösung des Problems servieren würde. Eines Problems, das er zu seinem größten Unbehagen einfach noch nicht durchschaute.

„Was soll ich tun?“ Die Antwort war leicht. Er sollte unverzüglich zu Andrew Restarick gehen, der sich offensichtlich große Sorgen um seine Tochter machte und Poirot bestimmt mit Vorwürfen überschütten würde, dass er sie noch nicht bei ihm abgeliefert hatte. Poirot hatte Verständnis für ihn, zeigte sich aber nur ungern in schlechtem Licht. Außerdem gab es noch die Möglichkeit, eine bestimmte Telefonnummer zu wählen und sich dort nach dem Stand der Dinge zu erkundigen.

Doch bevor er das tat, musste er sich mit der Frage befassen, die er aufgeschoben hatte. „Was weiß ich?“

Er wusste, dass die Wedderburn-Galerie verdächtig war. Bisher war zwar nichts Ungesetzliches geschehen, aber immerhin war ohne jedes Zögern einem unerfahrenen Millionär ein zweifelhaftes Gemälde angedreht worden. Poirot erinnerte sich an Boscombe mit den plumpen weißen Händen und den vielen Zähnen. Nein, er mochte ihn nicht. Das war ein Mann, der bestimmt vor nichts zurückschreckte, sich selbst aber jederzeit aus allem heraushalten konnte. Vielleicht bot diese Tatsache eine brauchbare Verbindung zu David Baker. Ja, David Baker, der Pfau. Was wusste er über den? Er hatte ihn getroffen, hatte mit ihm gesprochen und sich ein Bild von ihm gemacht. Für Geld würde er auf jedes krumme Geschäft eingehen, würde bedenkenlos eine reiche Erbin heiraten, und vermutlich war er bestechlich. Ja, sicher konnte man sich von ihm loskaufen. Andrew Restarick glaubte es offenbar und schien damit Recht zu haben. Falls nicht ...

Beim Gedanken an Andrew Restarick beschäftigte ihn mehr das Bild an der Wand als der Mann am Schreibtisch. Er erinnerte sich an das strenge Gesicht mit dem vorspringenden Kinn, an den entschlossenen Ausdruck. Dann dachte er an die verstorbene Mrs Andrew Restarick, an den bitteren Zug, der um den Mund lag ... Vielleicht sollte er doch noch einmal aufs Land fahren, um das Porträt genauer zu prüfen. Es konnte ihm einen Hinweis auf Norma geben. Nein – Norma war jetzt noch nicht dran. Was wusste er noch?

Mary Restarick, von der Sonja glaubte, dass sie einen Liebhaber hatte, weil sie so oft nach London fuhr. Nein, bei genauerem Überlegen glaubte er nicht, dass Sonja Recht hatte. Es passte viel besser zu Mary Restarick, dass sie nach London fuhr, um Häuser und Luxus-Apartments zu besichtigen, Möbel auszuwählen und all die Dinge, die man mit viel Geld in einer großen Stadt kaufen konnte.

Geld ... All seine Überlegungen liefen immer wieder darauf hinaus. In diesem Fall ging es um viel Geld. Bisher hatte er nichts gefunden, das seine Überzeugung rechtfertigte, dass Norma den Tod von Mrs Charpentier verschuldet hatte. Kein Indiz und kein Motiv; und dennoch glaubte er an eine Verbindung. Das Mädchen hatte gesagt, es habe vielleicht einen Mord begangen. In dem Haus, in dem sie wohnte, hatte sich ein Todesfall ereignet – ein oder zwei Tage vor ihrem Besuch bei ihm. Und das sollte bloßer Zufall sein? Wieder musste er an die geheimnisvolle Krankheit Mary Restaricks denken. Hatte Mary Restarick sich selbst vergiftet? Wollte ihr Mann sie vergiften? Hatte Sonja ihr das Gift eingegeben? Oder Norma? Poirot musste sich eingestehen, dass alles auf Norma hinwies.

„*Tout de même*", sagte er vor sich hin, „da ich nichts finden kann, muss ich die Logik über Bord werfen."

Seufzend erhob er sich und schickte George nach einem Taxi. Er musste zu Andrew Restarick.

19

Claudia Reece-Holland war nicht im Büro. An ihrer Stelle nahm eine ältere Kontoristin Poirot in Empfang.

„Nun?", herrschte Restarick ihn ungeduldig an. „Was ist? Was ist mit meiner Tochter?"

„Leider weiß ich noch nichts." Poirot breitete die Arme aus.

„Aber es muss doch irgendeine Spur, einen Hinweis geben! Das Mädchen kann sich ja nicht in Luft auflösen."

„Auch das ist schon vorgekommen."

„Es ist Ihnen hoffentlich klar, dass Geld keine Rolle spielt? Ich – ich kann einfach nicht mehr." Er wirkte erschöpft und vergrämt. Er war abgemagert, und die rot geränderten Augen zeugten von Schlaflosigkeit.

„Ich weiß, in wie großer Sorge Sie sind, und ich habe wirklich alles getan, um sie zu finden, aber solche Dinge brauchen eben ihre Zeit."

„Vielleicht hat sie das Gedächtnis verloren – oder sie ist – ich meine, sie könnte – krank sein."

Poirot setzte sich in den Besuchersessel. „Glauben

Sie mir, ich weiß, in welcher Angst Sie leben, aber leider muss ich noch einmal betonen, dass die Polizei in solchen Fällen rascher arbeitet."

„Nein!", schrie Restarick.

„Sie verfügt über einen großen Apparat und hat viel mehr Möglichkeiten. Mit Geld allein können Sie nie die gleichen Resultate erzielen."

„Mann! Reden Sie mir doch nicht so begütigend zu! Norma ist meine Tochter. Mein einziges Kind!"

„Haben Sie mir bestimmt alles erzählt? Alles, was es über Ihre Tochter zu berichten gibt?"

„Was könnte ich Ihnen denn noch sagen?"

„Das müssen Sie selber wissen. Vielleicht irgendein länger zurückliegendes Ereignis?"

„Was meinen Sie damit?"

„Zum Beispiel Vorfälle, die mit einer Geisteskrankheit zusammenhängen."

„Sie glauben, dass ..."

„Woher soll ich das wissen?"

„Und woher sollte ich etwas wissen?" Restaricks Stimme wurde plötzlich bitter. „Es liegt alles so lange zurück. Grace war eine harte Frau; sie konnte weder vergessen noch verzeihen. Manchmal denke ich, dass ich ihr Norma nicht hätte ausliefern dürfen."

Er stand auf, wanderte im Zimmer umher, setzte sich endlich wieder. „Natürlich hätte ich meine Frau nicht mit dem Kind allein lassen dürfen. Damals hatte ich mir allerlei plausible Ausreden zurechtgelegt, aber heute frage ich mich, ob es richtig war. Ich hätte mich um das Kind kümmern müssen. Jetzt ist es zu spät, sich Vorwürfe zu machen."

Er beobachtete Poirot scharf. „Ja, als ich Norma wieder sah, fiel mir ihr haltloses, neurotisches Wesen auf.

Ich hoffte, dass Mary und sie sich bald aneinander gewöhnen würden – aber ich muss gestehen, dass mir Normas Reaktionen nicht normal erschienen. Ich dachte dann, dass es gut wäre, wenn sie in London arbeitete und nur an den Wochenenden nach Hause käme. Ach, ich habe alles falsch gemacht. Wo ist sie bloß, Monsieur Poirot? Kann es sein, dass sie das Gedächtnis verloren hat?"

„Möglich. Und wenn, dann irrt sie vielleicht herum, ohne zu wissen, wer sie ist. Oder sie hat einen Unfall gehabt, was ich allerdings für unwahrscheinlich halte. Ich habe mich bereits bei allen Krankenhäusern erkundigt."

„Aber Sie glauben doch nicht im Ernst, dass sie – tot sein könnte?"

„Nein, dann würde man sie nämlich viel schneller finden. Bitte, beruhigen Sie sich, Mr Restarick. Sie kann doch Freunde haben, von denen Sie nichts wissen. Freunde, die in einer anderen Gegend Englands wohnen, die sie von früher, von ihrer Mutter, ihrer Tante oder aus der Schulzeit kennt. Es dauert einige Zeit, bis man das überprüft hat. Sie kann auch – darüber dürfen Sie sich keine Illusionen machen – bei einem jungen Mann sein."

„David Baker? Meine Güte, wenn ..."

„Bei David Baker ist sie nicht. Das habe ich als Erstes festgestellt."

„Woher soll ich ihre Freunde auch kennen?" Er seufzte. „Wenn ich sie finde, verkaufe ich den ganzen Laden hier und gehe mit ihr in ein Land, in dem man leben kann."

„Und was wird Ihre Frau dazu sagen?"

„Mary? Die ist an dieses Herumzigeunern gewöhnt."

„Für Frauen mit Geld kann London sehr reizvoll sein", meinte Poirot.

„Oh, sie versteht mich."

Das Telefon auf dem Schreibtisch klingelte. Restarick nahm den Hörer ab. „Ja? Aus Manchester? Ja. Wenn es Miss Reece-Holland ist, stellen Sie bitte durch." Er wartete einen Augenblick. „Hallo, Claudia? Sprechen Sie bitte lauter, ich kann Sie kaum verstehen. Sie haben zugestimmt? ... Ach, schade ... Nein. Das haben Sie ganz richtig gemacht ... Ja, einverstanden ... Gut. Kommen Sie heute mit dem Abendzug zurück? Na, dann besprechen wir morgen alles Weitere." Er legte auf. „Ein tüchtiges Mädchen!"

„Miss Reece-Holland?"

„Ja. Ungewöhnlich tüchtig. Sie nimmt mir viel Arbeit ab. Ich habe ihr bei dem Abschluss in Manchester völlig freie Hand gelassen. Ich kann mich im Moment einfach nicht aufs Geschäft konzentrieren. Sie hat es glänzend gemacht. Sie verhandelt fast wie ein Mann."

Plötzlich war er wieder bei der Sache. „Tut mir Leid, Monsieur Poirot, ich bin vom Thema abgeschweift. Brauchen Sie noch Geld?"

„Nein, Monsieur. Ich versichere Ihnen, dass ich alles tun werde, Ihre Tochter heil und gesund zurückzubringen."

Wieder auf der Straße, legte er den Kopf in den Nacken, blickte in den Himmel und murmelte:

„Eine klare Antwort auf eine Frage. Das ist alles, was ich brauche."

20

Hercule Poirot betrachtete die Fassade des alten Hauses in einer stillen Kleinstadtstraße. Der Messingklopfer an der Tür war blank poliert. Poirot nickte anerkennend und drückte auf den Klingelknopf.

Unmittelbar darauf öffnete ihm eine hoch gewachsene grauhaarige Dame mit klaren, energischen Zügen.

„Monsieur Poirot? Sie sind sehr pünktlich. Kommen Sie herein."

„Miss Battersby?"

„Natürlich." Sie hielt ihm die Tür auf, nahm ihm den Hut ab und legte ihn auf eine Garderobe in der Diele. Dann führte sie ihn in ein freundliches Zimmer, von dem aus man in einen kleinen, von einer Mauer umgebenen Garten sah.

Sie deutete auf einen Sessel und setzte sich ihm gegenüber. Miss Battersby hatte offenbar nicht vor, mit konventionellen Floskeln Zeit zu verschwenden.

„Sie sind die frühere Direktorin der Meadowfield-Schule?"

„Ja. Ich bin vor einem Jahr pensioniert worden. Sie wollten mich wegen Norma Restarick sprechen, nicht wahr?"

„Ja."

„In Ihrem Brief sind Sie nicht auf Einzelheiten eingegangen." Miss Battersbay maß ihn prüfend. „Ich weiß, wer Sie sind, Monsieur Poirot. Daher wäre es mir lieb, genauer zu erfahren, worum es sich eigentlich handelt. Haben Sie vielleicht vor, Norma Restarick zu engagieren?"

„Nein, keineswegs.“

„Da ich Ihren Beruf kenne, werden Sie verstehen, wenn ich Sie um nähere Auskünfte bitte. Haben Sie ein Empfehlungsschreiben von Normas Angehörigen?“

„Ich muss schon wieder verneinen“, sagte Poirot, „aber lassen Sie mich das erklären.“

„Ja, bitte.“

„Ich bin im Auftrag von Miss Restaricks Vater hier, von Mr Andrew Restarick.“

„Aber Sie haben keinen Brief von ihm?“

„Ich habe ihn nicht darum gebeten.“

Miss Battersby sah ihn fragend an.

„Ich fürchte, dass er darauf bestehen würde, mit mir zu kommen. Und dann hätte ich Sie nicht nach den Dingen fragen können, die ich wissen möchte, denn wahrscheinlich hätten ihm Ihre Antworten Kummer bereitet. Und da er im Augenblick schon unglücklich genug ist, wollte ich das vermeiden.“

„Ist Norma etwas zugestoßen?“

„Das hoffe ich nicht ... Aber man kann die Möglichkeit nicht ganz ausschließen. Erinnern Sie sich an sie, Miss Battersby?“

„Oh, ich erinnere mich an alle meine Schülerinnen. Ich habe ein sehr gutes Gedächtnis. Und Meadowfield ist keine große Schule. Wir haben nie mehr als zweihundert Schülerinnen gehabt.“

„Warum haben Sie den Schuldienst aufgegeben, Miss Battersby?“

„Ich bin siebzig. Genügt Ihnen das?“

„Nein, in Ihrem Fall nicht. Sie sind so tatkräftig und frisch, dass Sie noch viele Jahre in der Lage sein sollten, die Schule weiter zu leiten.“

„Die Zeiten ändern sich, Monsieur Poirot. Und nicht

immer nach unserem Geschmack. Um Ihre Neugier zu stillen: Ich habe nicht mit den Kindern, sondern mit den Eltern die Geduld verloren. Es geht mir auf die Nerven, wie kurzsichtig und borniert sie ihre Töchter erziehen."

Poirot, der sich nach der Lehrerin erkundigt hatte, wusste, dass Miss Battersby eine renommierte Mathematikerin war.

„Glauben Sie nur nicht, dass ich untätig bin", fuhr sie fort. „Ich habe eine Arbeit, die mich außerordentlich befriedigt. Ich bereite Studenten aufs Examen vor. Aber wollen wir nicht zur Sache kommen? Was ist mit Norma Restarick?"

„Um es geradeheraus zu sagen, sie ist verschwunden."

Miss Battersby sah durchaus nicht beunruhigt aus.

„So? Das heißt doch wohl, dass sie ihre Eltern verlassen hat, ohne ihnen mitzuteilen, wohin sie gegangen ist? Ach, ich weiß, ihre Mutter ist tot, also hat sie ihrem Vater nicht gesagt, was sie vorhatte. So ungewöhnlich ist das heutzutage gar nicht, Monsieur Poirot. Hat sich Mr Restarick mit der Polizei in Verbindung gesetzt?"

„Nein. Er weigert sich mit aller Entschiedenheit."

„Ich habe natürlich keine Ahnung, wo das Mädchen steckt. Ich habe nichts mehr von ihr gehört, seit sie die Schule verlassen hat. Ich weiß also nicht, wie ich Ihnen helfen sollte."

„Oh, deswegen bin ich auch nicht zu Ihnen gekommen. Ich wollte von Ihnen erfahren, wie sie ist. Können Sie sie mir beschreiben? Nicht ihr Äußeres, sondern Charaktereigenschaften."

„Norma war in der Schule ein völlig normales Kind. Sie war nicht überdurchschnittlich begabt, kam aber immer gut mit."

„Und neurotisch war sie nicht?“

Miss Battersby dachte nach. „Nein. Selbst wenn man ihre häuslichen Verhältnisse in Betracht zieht, kann man das nicht sagen ...“

„Sie meinen die kranke Mutter?“

„Ja. Norma stammte aus einer zerrütteten Ehe. Der Vater, den sie wohl sehr geliebt hat, ist mit einer anderen Frau auf und davon – und darüber war die Mutter natürlich sehr verbittert. Sie hat das Kind offenbar unnötig mit ihrem Gejammer und ihren Hassausbrüchen belastet.“

„Vielleicht sollte ich Sie lieber nach Ihrer Meinung über die verstorbene Mrs Restarick fragen?“

„Wollen Sie meine private Meinung hören?“

„Wenn Sie nichts dagegen haben.“

„Nein. Ich weiß genau, wie wichtig die häuslichen Verhältnisse für die Entwicklung der Kinder sind, und habe mich immer bemüht, etwas darüber zu erfahren. Mrs Restarick war eine anständige, charakterfeste Frau, sehr selbstgerecht, sehr intolerant – und mit unglaublicher Dummheit geschlagen.“

„Aha!“ Poirot nickte verständnisvoll.

„Außerdem wirkte sie auf mich wie eine eingebildete Kranke, die ihre Wehwehchen aufbauschte. Der Typ Frau, der dauernd in Sanatorien geht. Für ein kleines Mädchen eine schädliche Umgebung – besonders wenn es selber nicht gerade persönlichkeitsstark ist. Norma hatte keine geistigen Ambitionen, kein Selbstvertrauen; sie war nicht der Typ, der eine berufliche Karriere macht. Ich hätte ihr einen angenehmen, ruhigen Job gewünscht, bis sie heiratete und Kinder bekam.“

„Sie haben also nie Anzeichen einer Geisteskrankheit bemerkt?“

„Geisteskrankheit?", wiederholte Miss Battersby. „Quatsch!"

„Und neurotisch war sie auch nicht?"

„Ach, fast jedes junge Mädchen hat seine Neurosen – vor allem bei der ersten Liebe. Da fallen sie oft auf die falschen, manchmal sogar auf gefährliche Männer herein. Anscheinend gibt es kaum noch Eltern, die die nötige Kraft haben, ihre Töchter von solchen Enttäuschungen zu bewahren. Die Mädchen sind dann fast hysterisch unglücklich, heiraten überstürzt und lassen sich bald darauf wieder scheiden."

„Und Norma hat nie Anzeichen von seelischer Labilität gezeigt?" Poirot blieb beharrlich bei seiner Frage.

„Sie ist ein gefühlsbetontes, aber völlig normales Mädchen. *Seelische Labilität!* Wenn ich das schon höre! Ich kann nur wiederholen, dass das Unsinn ist. Wahrscheinlich ist sie mit einem jungen Mann davongelaufen, um ihn zu heiraten, und das halte ich nun für ungewöhnlich normal!"

21

Poirot saß in seinem Ohrensessel. Neben ihm stand ein kleiner Tisch, auf dem sich Berge von Unterlagen stapelten. Noch einmal vergegenwärtigte er sich alle Einzelheiten dieses verworrenen Falles, die Menschen, die in ihn verwickelt waren.

Zuerst Andrew Restarick ... Poirot musste plötzlich an das Bild denken, das in Restaricks Büro an der Wand hing. Warum hatte er es nach London gebracht? Die Porträts der beiden Ehegatten gehörten doch zusammen. War das vielleicht eine Reaktion des Unterbewusstseins, durch die Restarick sich noch einmal von seiner ersten Frau trennen wollte? Wollte er sich immer noch von ihr befreien, obwohl sie doch tot war? Eine interessante Frage ...

Seine Gedanken wanderten zu Mary Restarick. Ihm fiel plötzlich auf, wie merkwürdig wenig er sich mit ihr beschäftigt hatte. Eine tüchtige Frau, die eine Perücke trug, die gut aussah, vernünftig war, aber auch wütend werden konnte. Ja, sie war sehr wütend gewesen, als sie den Pfau plötzlich im Haus entdeckt hatte. Doch das war nur natürlich; gegen ihn würde jede Mutter etwas einzuwenden haben ...

Poirot schüttelte den Kopf. Mary Restarick war ja nicht Normas Mutter. Was für Gefühle hegte sie also für ihre Stieftochter, die offenbar mit voller Absicht versuchte, sie zu vergiften?

Ihre Reaktion wirkte durchaus vernünftig. Sie hatte das Mädchen aus dem Haus haben wollen, um nicht mehr gefährdet zu sein, und hatte alles versucht, ihrem Mann beizustehen und jeden Skandal zu vermeiden.

Nur war für Poirot die Frage, wer Mary Restarick das Gift gegeben hatte, keineswegs geklärt. Restarick glaubte, seine Tochter habe es getan ... Poirot war nicht so sicher. Er begann, über das Mädchen Sonja nachzudenken.

Was tat sie in diesem Haus? Möglicherweise hatte sie Heiratsabsichten. Es kam oft genug vor, dass Männer in Sir Rodericks Alter blutjunge Mädchen heirateten. Für

Sonja wäre das gar keine schlechte Lösung. Sie gewann einen Platz in der guten Gesellschaft, und wenn ihr Mann starb, war sie glänzend versorgt. Oder hatte sie völlig andere Ziele? War sie damals mit den Briefen Sir Rodericks nach *Kew Gardens* gefahren? Hatte Mary Restarick Verdacht geschöpft? Und hatte Sonja daraufhin dem Essen Gift in so kleinen Dosen beigemengt, dass kein Verdacht auf sie fiel und jeder an eine Gastritis dachte?

Poirot verbannte Sir Rodericks Haus und seine Bewohner aus seinen Gedanken und wandte sich den drei Mädchen zu, die in London eine Wohnung teilten: Claudia, die Tochter eines bekannten Abgeordneten, wohlhabend, tüchtig, gut aussehend, eine erstklassige Sekretärin. Frances Cary, die Tochter eines Kleinstadtanwalts, künstlerisch begabt, ein paar Semester Schauspiel- und Zeichenunterricht, dann Angestellte einer Gemäldegalerie. Sie kannte David Baker, allerdings wohl nur flüchtig. War sie vielleicht in ihn verliebt? Warum gerade Mädchen aus guten Familien auf diesen Typ hereinfielen, war Poirot unverständlich. Und was hielt er nun von David? Ein hübscher Junge, frech und ein wenig süffisant; ein eitler Pfau, der sich in sein Spiegelbild verliebt hatte. Oder steckte mehr dahinter? Wollte der junge Mann Norma wirklich heiraten? Dass sie ihn liebte, stand wohl fest. Aber er hatte von Heirat gesprochen. Hatte Norma Geld, über das sie verfügen konnte? Poirot nahm sich das Testament der ersten Mrs Restarick vor. Offenbar war sie zu ihren Lebzeiten von ihrem Mann sehr großzügig bedacht worden und hatte außerdem ein eigenes Einkommen gehabt: jährlich etwa tausend Pfund. Sie hatte alles ihrer Tochter hinterlassen. Aber nach Poirots Meinung war dieser Betrag kein

Grund, Norma zu heiraten. Wahrscheinlich würde Norma nach dem Tod ihres Vaters eine große Summe erben, aber darauf konnte man sich nicht verlassen.

Also musste David sie wohl doch lieben. Trotzdem – all das passte nicht zusammen, es ergab einfach kein Muster. Poirot dachte an Restaricks Schreibtisch, an den Scheck – offenbar hatte er sich damit von dem jungen Mann freikaufen wollen –, und der junge Mann musste bereit gewesen sein, sich auszahlen zu lassen! Schon wieder etwas, das nicht passte. Der Scheck war für David Baker gewesen, und der Betrag war sehr hoch – unwahrscheinlich hoch sogar. Trotzdem hatte er Norma am Tag zuvor einen Heiratsantrag gemacht. War das vielleicht nur ein Schachzug gewesen, um den Preis in die Höhe zu treiben? Poirot sah Restaricks zusammengekniffenen Mund vor sich. Er musste seine Tochter sehr lieben, um eine solche Summe zu bezahlen, und er musste große Angst davor gehabt haben, dass sie diese Ehe unbedingt eingehen wollte.

Von Restarick kam er auf Claudia. War es reiner Zufall, dass sie seine Sekretärin geworden war? Gab es zwischen ihnen eine Verbindung? Drei Mädchen in einer Wohnung, in Claudia Reece-Hollands Wohnung. Sie hatte sie mit einer Freundin geteilt, und dann war noch ein Mädchen dazugekommen, das dritte Mädchen. *„Das dritte Mädchen“*, dachte Poirot. Ja, darauf lief es immer wieder hinaus. Seine Suche nach einem Muster führte zu Norma Restarick.

Was hielten die anderen von ihr? Claudia Reece-Holland zum Beispiel? Er wusste es nicht. Auf jeden Fall hatte sie das Mädchen nicht an die Luft gesetzt, was sicher nahe liegend gewesen wäre, wenn sie eine Geisteskrankheit befürchtete. Außerdem hatte sie offenbar nicht viel mit Frances Cary darüber gesprochen, sonst hätte die sich nicht so leicht verplappert und zugegeben, dass Norma nicht zurückgekehrt war. Darüber hatte Claudia sich geärgert. Möglich, dass sie viel tiefer in diesen Fall verstrickt war, als es den Anschein hatte. Sie war klug und tüchtig ... Poirot kam wieder auf das dritte Mädchen, kam wieder auf Norma.

Er hatte für sie getan, was er konnte, aber genügte das? Was hatte er unternommen, seit sie ihn um Hilfe gebeten hatte? Er beantwortete sich die Frage sofort. *Er hatte sie in Sicherheit gebracht.* Wenigstens das. Falls sie überhaupt in Sicherheit gebracht werden musste. Das war der Angelpunkt. War sie überhaupt in Gefahr? Dieses unglaubliche Geständnis! Nein, kein Geständnis, eher eine Ankündigung: *„Ich habe vielleicht einen Mord begangen."*

Ja, das war der Angelpunkt. Ein Mord war angekündigt. Er hatte ihn gesucht und nicht gefunden. Arsen in der Suppe? Junge Rowdys, die mit Messern aufeinander losgingen? Blutspuren auf dem Hof? Ein Schuss aus dem Revolver. Warum und auf wen? Nichts davon passte zu den Worten „Vielleicht habe ich einen Mord begangen."

Und dann hatte Ariadne Oliver ihm durch eine beiläufige Bemerkung den Weg gezeigt. Der vermeintliche Selbstmord einer Frau in den Borodene Mansions. *Das* passte. Dort wohnte das dritte Mädchen. Das musste der Mord sein, den sie gemeint hatte.

Poirot nahm den maschinegeschriebenen Lebenslauf der Mrs Charpentier zur Hand.

Dreiundvierzig, gut situiert, zwei Ehen, zwei Scheidungen – eine Frau, die etwas für Männer übrig hatte. Eine Frau, die zuletzt zu viel getrunken hatte. Eine

Frau, die gern auf Partys ging und sich mit wesentlich jüngeren Männern eingelassen hatte. Eine Frau, die glaubte, Krebs zu haben, und sich in einem Anfall von Verzweiflung aus dem Fenster gestürzt hatte? Aber der Obduktionsbefund widerlegte ihre Befürchtung eindeutig ...

Und wo war eine Verbindung zu Norma Restarick? Poirot las den trockenen Bericht nochmals gründlich durch.

Ein Anwalt hatte die Tote identifiziert. Louise Carpenter – warum hatte sie sich Charpentier genannt? Weil das besser zu ihrem Vornamen passte? Zu Louise? Warum kam ihm der Name Louise nur so bekannt vor? Er blätterte wieder in den Papieren. Da war es! Die Frau, mit der Andrew Restarick nach Afrika gegangen war, hieß Louise Birell. Kein Zweifel – Louise Charpentier war die frühere Louise Birell.

Aber selbst wenn das stimmte, wie passte es zu Norma? Hatten Restarick und Louise Charpentier sich nach seiner Rückkehr wieder gesehen? Poirot bezweifelte es. Seine jetzige Frau konnte kaum so eifersüchtig auf die Vergangenheit ihres Mannes sein, dass sie seine ehemalige Geliebte aus dem Fenster stieß.

Das Telefon klingelte. Poirot rührte sich nicht. In diesem Augenblick konnte er einfach keine Störung ertragen. Nicht jetzt, da er endlich das Gefühl hatte, eine Spur gefunden zu haben ... Er wollte nicht abgelenkt werden ...

Die Tür ging auf, und Miss Lemon kam herein. „Mrs Oliver möchte Sie unbedingt sprechen.“

Poirot winkte ab. „Nein, ich kann jetzt nicht.“

„Sie sagt, ihr sei gerade etwas sehr Wichtiges eingefallen. Sie erwähnte ein Blatt Papier – einen angefangenen Brief, der aus einer Schublade in einem Möbelwagen herausgerutscht sei."

Poirot winkte noch heftiger ab. „Nicht jetzt. Bitte, nicht ausgerechnet jetzt!"

„Ich werde ihr sagen, Sie hätten Besuch."

Poirot wurde plötzlich von Müdigkeit übermannt. Er hatte zu angestrengt nachgedacht. Er musste sich entspannen. Nur dann konnte das Muster sichtbar werden. Er schloss die Augen. Er kannte alle einzelnen Bestandteile. Davon war er fest überzeugt. Von *außen* konnte nichts Neues mehr kommen, nur von *innen*.

Und auf einmal war alles da – es wartete auf ihn! Er musste es nur noch richtig zusammensetzen ...

Aber er *wusste* es jetzt. Lauter einzelne Steinchen hielt er in der Hand, die sich in das Muster einfügen ließen: eine Perücke, ein Bild, fünf Uhr morgens, Frauen und ihre Frisuren, der Pfau – all das führte zu dem einen Ausdruck, mit dem es begonnen hatte:

Drittes Mädchen ...

„Ich habe vielleicht einen Mord begangen ..." Natürlich!

Plötzlich stand Miss Lemon vor ihm. „Dr. Stillingfleet will Sie unbedingt sprechen. Er sagt, es ist dringend!"

„Sagen Sie ihm, er kann ... Haben Sie eben Dr. Stillingfleet gesagt?"

Er rannte an ihr vorbei und riss den Hörer an sich. „Ja, hier Poirot, ist etwas passiert?"

„Sie ist fortgegangen."

„Was?"

„Sie haben richtig verstanden. Sie ist fortgegangen."

„Und Sie haben sie nicht daran gehindert?"

„Wie hätte ich das machen sollen?"

„Sie hätten sie festhalten müssen."

„Nein."

„Oh, Sie wissen nicht, um was es geht!"

„Aber ich hatte es ihr versprochen. Ich habe ihr gesagt, sie könne jederzeit fortgehen."

„Und wenn jetzt etwas passiert? Sie haben ja keine Ahnung!"

„Nein. Aber ich weiß, was ich tue. Und wenn ich sie jetzt festgehalten hätte, wäre meine ganze Arbeit umsonst gewesen. Und ich habe gearbeitet. Ich habe mir große Mühe mit ihr gegeben. Wir beide haben verschiedene Ziele, Poirot! Und ich hatte etwas erreicht. Ich war sogar sicher, dass sie mir nicht davonlaufen würde."

„So? Aber dann, *mon ami*, hat sie es doch getan."

„Ja, und das begreife ich eben nicht. Ich weiß nicht, wie es zu diesem Rückfall kommen konnte."

„Es muss etwas geschehen sein."

„Ja, aber was?"

„Jemand hat sie gesehen – oder gesprochen – oder er hat herausgekriegt, wo sie war."

„Das kann ich mir kaum vorstellen ... Auf jeden Fall war es eine freie Entscheidung von ihr, das müssen Sie verstehen."

„Jemand hat sich mit ihr in Verbindung gesetzt. Hat sie einen Brief bekommen? Ein Telegramm, einen Anruf?"

„Nein, nichts dergleichen. Das weiß ich genau."

„Aber wie – oh, natürlich! Die Zeitungen! Sie haben dort doch sicher Zeitungen?"

„Freilich, das gehört dazu. Wir wollen ja gerade einen festen Kontakt zum normalen Alltagsleben schaffen."

„Dann haben sie sie auf ebendiesem normalen, alltäglichen Weg erreicht. Was für Zeitungen haben Sie?"

„Fünf." Er zählte sie auf.

„Wann ist sie fortgegangen?"

„Heute Vormittag um halb elf."

„Das passt genau. Nachdem sie die Zeitung gelesen hat. Wenigstens ein Ansatzpunkt. Welche hat sie gewöhnlich gelesen?"

„Keine Ahnung. Mal die eine, mal die andere. Manchmal hat sie alle gelesen, und manchmal hat sie nur einen Blick darauf geworfen."

„Hm. Ich darf jetzt keine Zeit mehr verlieren ..."

„Meinen Sie, sie hätte eine Anzeige entdeckt?"

„Ich weiß keine andere Erklärung. Aber ich muss jetzt Schluss machen. Ich muss nach dieser Anzeige suchen und mich dann sehr beeilen."

Er legte den Hörer auf und rief: „Miss Lemon, bringen Sie mir die *Morning News* und den *Daily Comet*! Und George soll alle Morgenzeitungen kaufen!"

Dann schlug er rasch die Seiten mit den persönlichen Anzeigen auf, überflog sie und dachte dabei angestrengt nach. Er würde es rechtzeitig schaffen. Das *musste* er einfach ... Es hatte schon einen Mord gegeben. Nun drohte ein weiterer. Aber er, Hercule Poirot, würde ihn verhindern ...

George brachte einen Packen Zeitungen. „Das sind alle Morgenzeitungen, Sir."

Poirot wandte sich an Miss Lemon: „Sehen Sie die durch, die ich schon gelesen habe, vielleicht habe ich etwas übersehen."

„Nur die persönlichen Anzeigen?"

„Ja. Vielleicht taucht der Name David auf, vielleicht ein Mädchenname oder ein Spitzname. Norma dürfte es wohl kaum sein. Vielleicht ist es ein Hilferuf oder die Angabe eines Treffpunktes ..."

Poirot schlug den *Morning Chronicle* auf. In ihm waren die meisten Anzeigen, drei Spalten. Eine Dame, die ihren Pelzmantel anpries ... Mitfahrer für Auslandsreise gesucht ... Reizendes, modernes Haus zu verkaufen ... Ferienwohnung zu vermieten ... Zurückgebliebene Kinder ... Selbst gemachte Pralinen ... „Julia, ich werde dich nie vergessen! Dein auf ewig." Ja, das passte schon besser, aber dann wanderte sein Blick doch weiter zu: Louis-XV.-Möbel ... Erfahrene Dame zur Leitung eines Hotels gesucht ... *„Verzweifelt in Sorge. muss dich sehen. Komm in die Wohnung. Erwarte dich 16 Uhr 30. Stichwort: Goliath."*

Er rief: „George, ein Taxi!", und hörte es im selben Augenblick klingeln. Er kümmerte sich nicht darum, zog den Mantel an und rannte gerade zur Tür, als George sie öffnete. Mrs Oliver, George und Hercule Poirot stießen in dem winzigen Vorraum unsanft zusammen.

22

Frances Cary, die ein kleines Köfferchen trug, ging durch die Mandeville Road und unterhielt sich mit einer Freundin, die sie an der Ecke getroffen hatte.

„Dass du's in dem Kasten aushältst, Frances! Mir kommt es immer wie ein Frauengefängnis vor."

„Blödsinn, Eileen. Die Wohnungen sind sagenhaft bequem. Und mit Claudia habe ich auch ein Mordsglück gehabt – mit der gibt's nie Ärger. Sie hat sogar eine erstklassige Putzfrau, und die Wohnung ist immer tadellos in Ordnung."

„Seid ihr nur zu zweit? Hattet ihr nicht mal ein drittes Mädchen?"

„Hatten wir auch, aber die scheint uns im Stich zu lassen."

„Wieso? Zahlt sie ihre Miete nicht?"

„Doch, das schon, soviel ich weiß. Aber sie muss wohl einen Freund haben. Sie ist auf und davon."

Eileen verlor das Interesse. Ein Freund war eine zu natürliche Erklärung. „Woher kommst du denn jetzt?"

„Aus Manchester. Wir hatten mal wieder eine Ausstellung. Großer Erfolg übrigens."

„Und im nächsten Monat gehst du tatsächlich nach Wien?"

„Ja, sieht ganz so aus. Ich freue mich schon drauf."

„Und was passiert, wenn eure Bilder gestohlen werden?"

„Ach, die sind versichert", sagte Frances wegwerfend. „Die wirklich guten jedenfalls."

„Hat dein Freund Peter mit seiner Ausstellung Erfolg gehabt?"

„Nicht so toll, leider. Aber er hat eine gute Besprechung im *Artist* bekommen, und das ist viel wert."

Frances verabschiedete sich vor dem Eingang zu den Borodene Mansions von ihrer Freundin, nickte dem Portier zu und fuhr mit dem Lift in den sechsten Stock. Während sie durch den Flur ging, summte sie leise vor sich hin, dann steckte sie den Schlüssel ins Schloss. In der Diele war es dunkel. Claudia würde erst in etwa anderthalb Stunden aus dem Büro kommen. Im Wohnzimmer aber brannte Licht, und die Tür stand offen.

„Komisch“, sagte Frances laut. „Da brennt Licht.“

Sie zog den Mantel aus, setzte den kleinen Koffer ab, stieß die Wohnzimmertür weiter auf und ging hinein ...

Sie blieb stocksteif stehen. Ihr Mund öffnete sich und schloss sich wieder. Sie stand wie gelähmt und starrte auf die Gestalt, die auf dem Fußboden lag, dann hob sie den Blick und sah ihr eigenes schreckverzerrtes Gesicht im Spiegel an der Wand ...

Endlich bekam sie wieder Luft, löste sich aus der Erstarrung, warf den Kopf zurück und schrie. Sie stolperte über den kleinen Koffer, stieß ihn fort, rannte hinaus und hämmerte mit beiden Fäusten an die Tür der Nachbarwohnung.

Eine ältere Frau machte ihr auf. „Was um alles in der Welt ...?“

„Ein Toter ... er ist tot. Und ich glaube, es ist ... David Baker. Er liegt auf dem Fußboden ... Ich glaube, er ist erstochen worden ... überall ist Blut.“

Sie begann wild zu schluchzen. Miss Jacobs schüttelte sie, beruhigte sie, drückte sie aufs Sofa und sagte energisch: „Fassen Sie sich. Hier ist ein Cognac.“ Sie gab ihr ein Glas in die Hand. „Bleiben Sie sitzen, und trinken Sie das!“

Frances nippte gehorsam. Miss Jacobs lief über den Flur und durch die offene Tür in das Wohnzimmer, aus dem der Lichtschein fiel.

Sie gehörte nicht zu den Frauen, die laut schreien. Sie blieb auf der Schwelle stehen und presste die Lippen zusammen.

Auf dem Fußboden lag mit weit ausgebreiteten Armen ein hübscher junger Mann, dessen kastanienbraune Locken bis auf die Schultern fielen. Er trug ein rotes Samtjackett, und sein weißes Hemd war blutgetränkt.

Plötzlich merkte sie voller Entsetzen, dass sie nicht allein im Zimmer war. Ein Mädchen stand eng an die Wand gepresst. Sie hatte ein weißes, wollenes Sackkleid an, das hellbraune, glatte Haar hing ihr ins Gesicht. In der Hand hielt sie ein Küchenmesser.

Miss Jacobs starrte sie an, und sie starrte Miss Jacobs an.

Dann sagte sie mit leiser, nachdenklicher Stimme, als beantworte sie eine Frage: „Ja, ich habe ihn getötet ... Das Blut an meinen Händen stammt von dem Messer ... Ich wollte mich im Bad waschen ... aber das lässt sich gar nicht abwaschen, nicht wahr? Und dann bin ich wieder hereingekommen, um nachzusehen, ob es wirklich stimmt ... Aber es stimmt ... Armer David ... Wahrscheinlich *musste* ich es tun."

Der Schock gab Miss Jacobs merkwürdige Worte ein. „So? Und warum mussten Sie es tun?"

„Ich weiß nicht ... Wenigstens – doch, ich glaube, ich weiß es. Er war verzweifelt. Er hat mich gerufen – und ich bin gekommen ... Aber ich wollte frei von ihm sein. Ich wollte von ihm fort. Ich habe ihn gar nicht richtig geliebt."

Sie legte das Messer auf den Tisch und setzte sich auf einen Stuhl. „Man sollte es nicht", sagte sie. „Man sollte niemand hassen ... Das darf man nicht, weil man nie weiß, wozu man fähig ist ... Wie bei Louise ..."

Plötzlich fragte sie ganz ruhig: „Wollen Sie nicht die Polizei anrufen?"

Miss Jacobs wählte gehorsam 999.

In dem Zimmer mit dem Harlekin an der Wand waren nun sechs Menschen. Es war viel Zeit vergangen. Die Polizei war gekommen und wieder gegangen.

Andrew Restarick saß wie betäubt da. Er wiederholte immer wieder: „Ich kann es nicht glauben ..." Der Anruf hatte ihn im Büro erreicht, und Claudia Reece-Holland hatte ihn begleitet. Auf ihre ruhige Art hatte sie alles Notwendige erledigt: nach Mary Restarick herumtelefoniert; Frances Cary mit einem Beruhigungsmittel zu Bett gebracht.

Hercule Poirot und Mrs Oliver saßen nebeneinander auf dem Sofa. Sie waren gleichzeitig mit der Polizei eingetroffen.

Nachdem fast alle wieder fort waren, erschien ein stiller, höflicher grauhaariger Mann: Chefinspektor Neele von Scotland Yard. Er hatte Poirot mit einem Kopfnicken begrüßt und sich Andrew Restarick vorgestellt. Ein großer, rothaariger junger Mann stand am Fenster und sah auf den Hof hinunter.

„Wenn ich gehen soll ...", sagte Mrs Oliver unsicher.

„Sie sind Mrs Ariadne Oliver? Nein, bleiben Sie doch bitte hier. Ich weiß, dass das für Sie sehr unangenehm war ..."

„Es kommt mir so unwirklich vor." Mrs Oliver schloss die Augen. Sie sah wieder alles vor sich: den Pfau, der noch im Tod so pittoresk war, als sei er auf der Bühne gestorben. Und das Mädchen – eine völlig veränderte Norma, die sich mit Würde und Gelassenheit in ihr Schicksal fügte.

Poirot hatte gefragt, ob er zwei Telefongespräche führen dürfe. Eines mit Scotland Yard; es war ihm genehmigt worden, nachdem der Sergeant voller Argwohn selbst die Verbindung hergestellt hatte. Er hatte Poirot zum Apparat in Claudias Schlafzimmer gebracht und die Tür hinter sich geschlossen.

Nachdem er telefoniert hatte, machte Poirot die Tür

wieder auf und winkte Mrs Oliver, die verlassen in der Küche herumstand. Sie setzten sich nebeneinander auf Claudias Bett.

„Wenn wir doch nur etwas tun könnten“, sagte Mrs Oliver.

„Geduld, Madame.“

„Aber *Sie* müssen doch irgendetwas unternehmen können?“

„Das habe ich bereits. Ich habe die Leute angerufen, die Bescheid wissen mussten. Jetzt müssen wir warten, bis die Polizei mit ihrer Untersuchung fertig ist.“

„Wen haben Sie außer dem Inspektor noch angerufen? Den Vater? Kann der sie nicht vielleicht gegen Kaution freibekommen?“

„Bei Mord geht das nicht“, sagte Poirot trocken. „Die Polizei hat ihren Vater schon benachrichtigt. Miss Cary kannte seine Telefonnummer.“

„Wo ist die denn?“

„Soviel ich gehört habe, ist sie nebenan in der Wohnung von Miss Jacobs. Hat einen hysterischen Anfall gehabt. Sie hat die Leiche entdeckt, und das scheint sie umgeschmissen zu haben. Sie ist schreiend aus der Wohnung gerannt.“

„Sie ist die Künstlerin, nicht wahr? Claudia hätte den Kopf nicht verloren.“

„Nein, die nicht. Eine sehr beherrschte junge Frau.“

„Wen haben Sie denn nun angerufen?“

„Dr. John Stillingfleet.“

„Wer ist das? Soll er sagen, dass die arme Norma verrückt ist und nichts dafür kann?“

„Wenn es sein muss, könnte er sehr wohl als Gutachter vor Gericht auftreten.“

„Kennt er sie denn?“

„Oh, sehr gut. Sie ist seit dem Tag, an dem Sie sie in dem Café gefunden haben, in seiner Obhut gewesen."

„Und wie kam sie zu ihm?"

Poirot lächelte. „Durch mich. Ich habe ein bisschen herumtelefoniert, ehe ich damals zu dem Café gefahren bin."

„Wie? Und ich war so enttäuscht von Ihnen und habe Ihnen in den Ohren gelegen, Sie sollten endlich was tun – und Sie hatten schon längst etwas unternommen? Und das haben Sie mir verschwiegen, Monsieur Poirot! Das ist ja richtig – richtig gemein!"

„Madame, bitte, regen Sie sich nicht auf. Ich konnte nicht anders handeln."

„Die übliche faule Ausrede! Was haben Sie sonst noch getan?"

„Ich habe arrangiert, dass ihr Vater mich mit der Suche nach ihr beauftragte. Dadurch konnte ich sie in Sicherheit bringen."

„Bei diesem Doktor Stillingwater?"

„*Stillingfleet.* Ja."

„Und wie haben Sie das geschafft?"

„Ich habe mich ihm quasi aufgezwungen. Ich bin zu ihm gegangen und habe behauptet, ich hätte einen Brief von ihm bekommen, in dem er mich um meinen Besuch bat."

„Und das hat er Ihnen geglaubt?"

„Aber ja. Ich habe ihm den Brief gezeigt. Er war auf Firmenpapier geschrieben und mit seinem Namen unterzeichnet – allerdings nicht in seiner Handschrift."

„Wollen Sie damit etwa sagen, dass Sie den Brief geschrieben haben?"

„Ja. Ich hatte darauf getippt, dass er neugierig werden würde und mich sehen wollte. Nachdem ich damit

Recht behalten hatte, musste ich mich auf mein Geschick verlassen und improvisieren."

„Haben Sie ihn über diesen Dr. Stillingfleet informiert?"

„Nein, das habe ich niemand gesagt. Das war zu gefährlich."

„Für Norma?"

„Ja, oder sie war für einen anderen gefährlich. Diese beiden Möglichkeiten gab es von Anfang an. Der Versuch, Mrs Restarick zu vergiften, wirkte nicht sehr überzeugend – das zog sich zu sehr in die Länge, es war kein ernsthafter Mordversuch. Dann war da dieser fragmentarische Bericht über einen Revolverschuss in den Borodene Mansions – und noch eine Geschichte über Schnappmesser und Blutflecken. Immer, wenn etwas Derartiges geschieht, weiß Norma nichts davon, kann sich an nichts erinnern und so weiter. Sie findet Arsen in der Schublade, erinnert sich aber nicht, dass sie es hingelegt hat. Sie behauptet, sie habe Gedächtnislücken, es fehlten ihr manchmal Stunden, sie wisse nicht, was sie in der Zeit getan habe. Das zwingt einem die Frage auf: Ist das, was sie sagt, richtig – oder erfindet sie es aus irgendeinem Grund? Ist sie das Opfer einer ungeheuerlichen, irrsinnigen Verschwörung – oder ist sie etwa das Haupt dieser Verschwörung? Stellt sie sich selbst als Geisteskranke dar, weil sie einen Mord plant und auf verminderte Zurechnungsfähigkeit plädieren will?"

„Heute war sie ganz anders. Ist Ihnen das auch aufgefallen? Ganz anders. Nicht mehr so – so wirr."

Poirot nickte.

In der Wohnung und im Hausflur wurde es lauter. Poirot und Mrs Oliver wurden durch die Unruhe abgelenkt.

„Glauben Sie ...?“, fragte Mrs Oliver und verstummte. Poirot war ans Fenster gegangen. Er sah auf den Hof hinunter. Ein Krankenwagen stand vor dem Eingang.

„Nehmen Sie ihn jetzt mit?“ Mrs Olivers Stimme zitterte. Plötzlich sagte sie mitleidig: „Armer Pfau!“

„Er hat Ihr Mitleid wirklich nicht verdient.“

„Er war so prächtig anzusehen ... Und so jung!“

„So sind die Frauen!“ Poirot öffnete die Tür vorsichtig einen Spaltbreit und spähte hinaus. „Entschuldigen Sie mich einen Augenblick.“

Sobald er fort war, spähte auch sie durch den Türspalt. Dann ging sie ans Fenster, um den Hof zu beobachten.

Als Poirot ein paar Minuten danach leise ins Zimmer zurückschlich, erklärte sie: „Eben ist Mr Restarick mit einem Taxi gekommen. Claudia war bei ihm. Sind Sie in Normas Zimmer gewesen? Oder wo wollten Sie sonst hin?“

„In Normas Zimmer tagt die Polizei.“

„Wie ärgerlich für Sie. Was ist eigentlich in diesem komischen Beutel, den Sie da plötzlich haben?“

Poirot konterte: „Und was haben Sie in dieser Stofftasche?“

„In meiner Einkaufstasche? Zwei Avocadobirnen. Wieso?“

„Weil ich Ihnen dann gern diesen Beutel anvertrauen würde. Können Sie ihn einstecken? Aber bitte nicht drücken.“

„Was ist das denn?“

„Etwas, das ich zu finden hoffte – und auch gefunden habe ... Ach, endlich kommen die Dinge in Gang.“

Und wirklich: In der Wohnung wurde es wieder lebhaft. Restaricks laute, zornige Stimme war zu hören.

Claudia kam herein, um zu telefonieren. Durch die halb geöffnete Tür sahen sie einen Polizeistenografen, der zur Nachbarwohnung ging, um die Aussagen von Frances Cary und Miss Jacobs aufzunehmen. Es herrschte eine Atmosphäre geordneter Betriebsamkeit, die erst wieder abflaute, als zwei Männer mit Kameras sich entfernten.

Dann gesellte sich plötzlich ein großer, schlaksiger junger Mann mit roten Haaren zu ihnen. Von Mrs Oliver nahm er keine Notiz, sondern wandte sich sofort an Poirot:

„Was hat sie getan? Jemand ermordet? Wer ist das? Der Freund?"

„Ja."

„Hat sie's zugegeben?"

„Scheint so."

„Das genügt mir nicht. Hat sie sich denn schuldig bekannt?"

„Ich hab es nicht von ihr gehört. Aber ich konnte sie auch nicht selber fragen."

Ein Polizist öffnete die Tür. „Dr. Stillingfleet?", fragte er. „Der Polizeiarzt würde Sie gern einen Moment sprechen."

Dr. Stillingfleet ging mit ihm hinaus.

„Das ist also Ihr Dr. Stillingfleet", sagte Mrs Oliver. „Hm. Der dürfte der Polizei noch zu schaffen machen, was?"

23

Chefinspektor Neele schrieb ein paar Worte auf ein Blatt Papier, dann sah er die fünf im Zimmer Anwesenden der Reihe nach an. Seine Stimme klang kühl und unpersönlich. „Miss Jacobs?", fragte er den Polizeibeamten, der an der Tür stand. „Sergeant Conolly hat ihre Aussage zwar protokolliert, aber ich würde ihr doch gern noch ein paar Fragen stellen."

Kurz darauf wurde Miss Jacobs hereingeführt. Neele erhob sich, um sie zu begrüßen.

„Ich bin Chefinspektor Neele", sagte er und reichte ihr die Hand. „Es tut mir Leid, dass ich Sie noch einmal belästigen muss. Könnten Sie mir wohl mit Ihren eigenen Worten schildern, was Sie gesehen und gehört haben? Ich möchte ein klares Bild bekommen. Es ist sicher quälend ..."

„Nein, quälend ist es nicht", sagte Miss Jacobs und setzte sich auf den Stuhl, den er ihr zurechtgerückt hatte. „Natürlich war es ein Schock, aber ich bin ja nicht persönlich beteiligt."

„Also, Miss Jacobs, was haben Sie gesehen oder gehört?"

„Wahrscheinlich unterscheidet es sich von dem, was ich vorhin gesagt habe", erklärte sie überraschend. „Wissen Sie, ich meine das so: Man versucht, alles so genau wie möglich zu beschreiben, und fügt dabei unbewusst Dinge hinzu, die man gesehen zu haben glaubt. Aber ich will es versuchen. Es begann mit lauten Schreien. Ich bin erschrocken. Ich dachte, jemand müsse verletzt worden sein, und rannte schon zur Tür, als draußen dagegengehämmert wurde. Ich machte auf, es war eine meiner Nachbarinnen – eine von den drei jungen Damen, die in Nr. 67 wohnen. Den Namen weiß ich leider nicht, aber ich kenne sie vom Sehen."

„Frances Cary", warf Claudia ein.

„Sie war kaum zu verstehen und stammelte, dass jemand tot sei – jemand, den sie kenne – David ... den Nachnamen habe ich nicht mitgekriegt. Sie schluchzte und zitterte. Ich hab sie in meine Wohnung gebracht und ihr einen Schnaps gegeben, dann bin ich rübergegangen, um selber nachzusehen. Sie wissen, was ich dort gefunden habe. Soll ich es beschreiben?"

„Vielleicht nur kurz ..."

„Ein junger Mann, einer dieser modernen jungen Männer – in Samt und Rüschen und mit langen Haaren – lag auf dem Fußboden. Ich erkannte sofort, dass er tot war. Sein Hemd war steif von Blut."

Stillingfleet beobachtete Miss Jacobs aufmerksam.

„Dann merkte ich auf einmal, dass ein Mädchen im Zimmer war. Sie hielt ein Küchenmesser in der Hand. Sie wirkte ganz ruhig und gesammelt – höchst merkwürdig."

Stillingfleet fragte: „Hat sie etwas gesagt?"

„Sie sagte, sie sei im Bad gewesen, um das Blut von ihren Händen abzuwaschen – und dann hat sie wörtlich gesagt: ‚Aber das lässt sich gar nicht abwaschen, nicht?' Dann legte sie das Messer auf den Tisch und setzte sich hin."

„Was hat sie sonst noch gesagt?", fragte Chefinspektor Neele nach einem Blick auf einen Notizzettel, der vor ihm lag.

„Etwas über Hass. Dass man niemand hassen sollte ..."

„Hat sie nicht auch ‚armer David' gesagt? Das hatten

Sie Sergeant Conolly gegenüber erwähnt. Und dass sie frei von ihm sein wollte."

„Ja, das habe ich vergessen. Sie hat etwas davon gesagt, dass er sie gerufen habe – und dann noch etwas von Louise."

„Was hat sie über Louise gesagt?", fragte Poirot und beugte sich gespannt vor. Miss Jacobs betrachtete ihn zweifelnd.

„Eigentlich nichts. Sie hat nur den Namen erwähnt. ‚Wie bei Louise', sagte sie und schwieg dann. Zuvor hatte sie das über den Hass gesagt, dass man niemand hassen solle ..."

„Und dann?"

„Und dann sagte sie mir ganz ruhig, ich müsse die Polizei anrufen. Das habe ich dann auch getan. Wir saßen hier im Zimmer, bis die Polizei kam ... Ich dachte, ich sollte sie besser nicht allein lassen. Wir haben nicht mehr gesprochen. Sie schien tief in Gedanken versunken, und ich – ich wusste ehrlich gestanden nicht, was ich sagen sollte."

„Aber Sie haben doch sicher gesehen, dass sie nicht zurechnungsfähig war?", fragte Andrew Restarick. „Dass das arme Kind nicht wusste, was es getan hatte, und warum, nicht wahr?" Es klang flehend hoffnungsvoll.

„Wenn es ein Zeichen für geistige Umnachtung ist, dass man nach einem Mord völlig kühl und gefasst ist, dann ja." Man konnte ihr deutlich anhören, dass sie nicht dieser Ansicht war.

Stillingfleet mischte sich ein: „Miss Jacobs, hat sie irgendwann zugegeben, ihn getötet zu haben?"

„Oh ja, das hätte ich erwähnen sollen. Gleich als Erstes hat sie das gesagt. Es war so, als hätte ich eine

Frage gestellt, die sie mir beantwortete. Sie sagte; *‚Ja, ich habe ihn getötet.‘* Danach kam das mit dem Händewaschen."

Restarick stöhnte auf und vergrub das Gesicht in den Händen. Claudia legte ihm die Hand auf den Arm.

Poirot fragte: „Miss Jacobs, Sie sagten, das Mädchen habe das Messer, das es in der Hand gehalten hatte, auf den Tisch gelegt. Haben Sie es genau aus der Nähe gesehen? Hatten Sie den Eindruck, dass auch das Messer abgewaschen worden war?"

Miss Jacobs blickte zögernd Chefinspektor Neele an. Es war ihr anzumerken, dass sie sich über Poirots Rolle nicht klar war.

„Würden Sie das bitte beantworten", sagte Neele.

„Nein, ich glaube nicht, dass das Messer abgewaschen oder abgewischt worden war. Es war fleckig und verfärbt von einer dicken, klebrigen Masse."

„Aha." Poirot lehnte sich zurück.

„Ich dachte, Sie wüssten genau über das Messer Bescheid." Miss Jacobs sah Neele strafend an. „Hat die Polizei es denn nicht untersucht? Das ist doch wohl kaum möglich."

„Sicher, die Polizei hat es untersucht. Aber wir – hm – wir lassen uns so was gern bestätigen."

Sie warf ihm einen misstrauischen Blick zu. „Damit meinen Sie doch wohl, dass Sie die Glaubwürdigkeit Ihrer Zeugen prüfen wollen. Sie wollen wissen, was sie wirklich gesehen haben und wie viel sie dazuerfinden."

Er lächelte leicht. „Bei Ihnen brauchen wir keine Zweifel zu haben, Miss Jacobs. Sie sind eine ausgezeichnete Zeugin."

„Ja, leider. Um die Aussage vor Gericht werde ich kaum herumkommen."

„Nein, da brauchen wir Sie noch. Vielen Dank, Miss Jacobs.“ Er wandte sich den anderen zu. „Hat noch jemand eine Frage?“

Poirot nickte, und Miss Jacobs blieb in der Tür stehen. „Ja?“, fragte sie etwas unwillig.

„Ich möchte auf die Erwähnung des Namens Louise zurückkommen. Wussten Sie, wen das Mädchen meinte?“

„Nein. Wieso?“

„Besteht nicht die Möglichkeit, dass sie Mrs Louise Charpentier meinte? Die kannten Sie doch sicher?“

„Nein. Ich kannte sie nicht.“

„Aber Sie wussten, dass sie sich vor kurzem in diesem Haus aus dem Fenster gestürzt hat?“

„Das weiß ich natürlich. Ich wusste aber nicht, dass sie Louise hieß, und ich habe sie nicht persönlich gekannt.“

„Vermutlich haben Sie auch keinen Wert darauf gelegt?“

„Das wollte ich nicht sagen, weil die Frau tot ist. Aber ich gebe zu, dass Sie Recht haben. Sie war keine angenehme Hausgenossin, und wir mussten uns öfter bei der Hausverwaltung über sie beschweren.“

„Und warum?“

„Um es geradeheraus zu sagen: Die Frau hat getrunken. Ihre Wohnung lag genau über meiner, und sie hat ständig laute Feste gefeiert, bei denen es Scherben gab, Möbel umfielen, gesungen und geschrien wurde und ein ständiges Kommen und Gehen herrschte.“

„Vielleicht war sie einsam“, sagte Poirot.

„Den Eindruck hat sie nicht gerade gemacht“, erklärte Miss Jacobs bissig. „Bei der Leichenschau wurde behauptet, dass sie wegen ihres Gesundheitszustandes deprimiert gewesen sein. Das war nichts als Einbildung! Auf mich hat sie durchaus nicht leidend gewirkt."

Nach dieser harten Aburteilung der verstorbenen Mrs Charpentier zog Miss Jacobs sich zurück.

Poirot wandte sich an Andrew Restarick und fragte vorsichtig: „Mr Restarick, stimmt es, dass Sie Mrs Charpentier früher einmal sehr gut gekannt haben?"

Restarick schwieg eine Weile, dann seufzte er tief auf und sah Poirot an. „Ja. Aber das ist lange her. Ich habe sie sehr gut gekannt ... allerdings nicht unter dem Namen Charpentier. Damals hieß sie Louise Birell."

„Und sie stand Ihnen nahe?"

„Ja. Ich habe sie geliebt ... Ich war wahnsinnig verliebt in sie! Ihretwegen habe ich meine Frau verlassen. Wir gingen nach Südafrika. Und nach kaum einem Jahr war alles vorbei! Sie kehrte nach England zurück. Ich habe nie wieder von ihr gehört und wusste nicht, was aus ihr geworden war."

„Was ist mit Ihrer Tochter? Hat sie Louise Birell gekannt?"

„Sie kann sich unmöglich an sie erinnern. Sie war damals fünf Jahre!"

„Aber sie kannte sie?", beharrte Poirot.

„Ja", sagte Restarick langsam. „Sie kannte Louise. Louise kam häufig zu uns ins Haus; sie spielte mit dem Kind."

„Dann wäre es also möglich, dass das Mädchen sich noch an sie erinnert, selbst nach so langer Zeit?"

„Ich weiß es nicht. Ich weiß es wirklich nicht. Und ich weiß auch nicht, wie Louise aussah und ob sie sich sehr verändert hatte. Ich habe sie ja nie wieder gesehen."

„Aber *gehört* haben Sie von ihr, nicht wahr, Mr Restarick? Poirots Stimme war ganz sanft. „Nach Ihrer Rückkehr, meine ich."

Wieder kam eine Pause und ein tiefer, unglücklicher Seufzer.

„Ja. Ich habe von ihr gehört ..." Plötzlich fragte er verblüfft:

„Woher wissen Sie das, Monsieur Poirot?"

Poirot nahm ein Briefblatt aus der Tasche, entfaltete es und reichte es Restarick, der mit zusammengezogenen Brauen zu lesen begann. Es waren lauter abgebrochene Entwürfe.

Lieber Andy!
Ich habe in der Zeitung gelesen, dass du wieder in England bist. Wir müssen uns unbedingt treffen. Nach all den Jahren gibt es so viel zu erzählen ...

Andy – ob du errätst, von wem das ist? Louise! Und nun sage nicht, du hättest mich vergessen! ...

Lieber Andy,
an der Adresse siehst du, dass ich im gleichen Haus wohne wie deine Sekretärin. Wie klein die Welt ist! Wir müssen uns treffen! Kannst du nicht Montag oder Dienstag am späten Nachmittag kommen?

Geliebter Andy,
ich muss dich wieder sehen ... niemand hat mir je wieder so viel bedeutet wie du! Und du hast mich auch nicht vergessen, nicht wahr?

„Woher haben Sie das?", fragte Restarick neugierig.

„Von einer guten Freundin, und die hat es von einem

Möbelwagen", sagte Poirot mit einem Seitenblick auf Mrs Oliver.

Restarick musterte sie unfreundlich.

„Ich kann nichts dafür", beteuerte Mrs Oliver, die seinen Blick richtig gedeutet hatte. „Es müssen *ihre* Möbel gewesen sein, die wegtransportiert wurden. Eine Kommode ist den Männern umgekippt, und dabei fiel eine Schublade heraus, und dieses Blatt Papier flatterte auf den Hof. Ich hab's aufgehoben und wollte es den Männern geben, aber die wollten es nicht, und da habe ich es in die Manteltasche gesteckt, ohne weiter darüber nachzudenken. Ich habe es erst heute Nachmittag wieder gefunden, als ich den Mantel zur Reinigung bringen wollte. Ich kann wirklich nichts dafür."

„Hat sie den Brief an Sie doch noch beendet?", fragte Poirot.

„Ja. Eine gemäßigtere Version dieser Entwürfe. Ich habe ihr nicht geantwortet. Ich hielt es für klüger."

„Sie wollten Sie nicht wieder sehen?"

„Nein, auf gar keinen Fall! Sie war eine schwierige Frau – immer schon. Und mir war einiges über sie zu Ohren gekommen – dass sie sehr viel trank, zum Beispiel."

„Haben Sie ihren Brief aufgehoben?"

„Nein, ich habe ihn zerrissen."

Plötzlich stellte Dr. Stillingfleet eine Zwischenfrage: „Hat Ihre Tochter jemals mit Ihnen über sie gesprochen?"

Restarick schien nicht antworten zu wollen.

„Das könnte sehr wichtig sein", drängte Stillingfleet.

„Ja, sie hat sie einmal erwähnt."

„Was hat sie gesagt?"

„Sie sagte plötzlich: ‚Ich habe Louise neulich gesehen, Vater.‘ Ich war etwas erschrocken und fragte: ‚Wo hast du sie gesehen?‘ Und sie antwortete: ‚In dem Restaurant, das zu unserem Haus gehört.‘ Mir war das peinlich. Ich sagte: ‚Ich hätte nie gedacht, dass du dich noch an sie erinnerst!‘ Darauf sie: ‚Ich habe sie nie vergessen. Dafür hat Mutter schon gesorgt.‘ “

„Oh, das kann außerordentlich wichtig sein“, erklärte Stillingfleet zufrieden.

„Und Sie, Mademoiselle?“ Poirot wandte sich nun an Claudia. „Hat Norma mit Ihnen über Louise Carpenter gesprochen?“

„Ja – aber erst nach dem Selbstmord. Sie sagte nur, sie sei eine böse Frau gewesen. Es klang irgendwie kindlich – wissen Sie.“

„Waren Sie in Ihrer Wohnung, als es passiert ist – als Mrs Carpenter sich aus dem Fenster stürzte?“

„Nein, damals war ich nicht hier. Ich war verreist. Aber ich entsinne mich, dass ich davon hörte, als ich am nächsten Tag zurückkam.“ Sie wandte sich an Restarick. „Erinnern Sie sich? Es war am 23., damals war ich in Liverpool.“

„Ja, natürlich. Sie haben mich bei der Gesellschafterversammlung von Hever vertreten.“

„Aber Norma war in der Wohnung?“, bohrte Poirot weiter.

„Ja.“ Claudia wirkte auf einmal befangen.

„Claudia?“ Restarick legte seine Hand auf ihren Arm. „Was wissen Sie über Norma? Was? Sie verschweigen uns etwas.“

„Nein, nichts. Was sollte ich denn wissen?“

„Sie halten sie für verrückt, nicht wahr?“ Stillingfleet sagte es so gelassen, als rede er vom Wetter. „Und das schwarzhaarige Mädchen glaubt das ebenfalls. Und Sie auch“, fügte er hinzu und sah Restarick an. „Alle hier benehmen sich taktvoll und vermeiden das Thema und denken genau dasselbe! Alle – bis auf den Chefinspektor. Der denkt sich gar nichts, der sortiert das Material: verrückt oder eine Mörderin. Was ist mit Ihnen, Madam?“

„Mit mir?“ Mrs Oliver fuhr zusammen. „Ich weiß nicht.“

„Sie halten mit Ihrem Urteil zurück? Daraus mache ich Ihnen keinen Vorwurf. Es ist schwierig. Die meisten allerdings sind sich über ihre Gedanken klar und verwenden nur verschiedene Bezeichnungen: nicht alle Tassen im Schrank, verhuscht, eine Schraube locker, von allen guten Geistern verlassen, neurotische Störungen. Glaubt *irgendwer*, dass das Mädchen normal ist?“

„Miss Battersby“, sagte Poirot.

„Und wer, in drei Teufels Namen, ist das?“

„Eine Schuldirektorin!“

„Falls ich jemals eine Tochter haben sollte, schicke ich sie auf diese Schule ... Natürlich bin ich in einer anderen Situation. Ich weiß es. Ich *weiß* alles über das Mädchen.“

Normas Vater starrte ihn an.

„Wer ist dieser Mann?“, fragte er Neele. „Was meint er mit dieser Behauptung, alles über meine Tochter zu wissen?“

„Ich weiß alles über sie“, sagte Stillingfleet, „weil sie in den letzten zehn Tagen unter meiner ärztlichen Obhut gewesen ist.“

„Dr. Stillingfleet“, erklärte Neele, „ist ein erfahrener, bekannter Psychiater.“

„Und wie ist sie Ihnen in die Hände gefallen, ohne dass jemand meine Erlaubnis eingeholt hat?“

„Das müssen Sie Mr Schnurrbart fragen“, sagte Dr. Stillingfleet mit einer Kopfbewegung zu Poirot.

„Sie ... Sie ...“ Restarick war so wütend, dass er nur stottern konnte.

Poirot entgegnete gelassen: „Ich hatte Ihren Auftrag. Sie wollten, dass Ihre Tochter gefunden und beschützt würde. Nun, ich habe sie gefunden – und es ist mir gelungen, Dr. Stillingfleet für ihren Fall zu interessieren. Sie war in Gefahr, Mr Restarick, in ernster Gefahr.“

„Wohl kaum mehr als jetzt! Jetzt ist sie verhaftet und steht unter Mordverdacht!“

„Verfahrenstechnisch ist sie noch nicht angeklagt“, murmelte Neele. Dann sagte er laut: „Dr. Stillingfleet, sind Sie bereit, Ihre ärztliche Meinung über den Geisteszustand von Miss Restarick abzugeben und uns zu sagen, wie weit sie sich ihrer Handlungen bewusst ist?“

„Wir können den *M'Naughten Act* für die Gerichtsverhandlung aufheben“, sagte Stillingfleet. „Sie wollen ja nur wissen, ob das Mädchen verrückt oder normal ist. Gut, ich werde es Ihnen sagen: Das Mädchen ist völlig gesund und normal – ebenso gesund und normal wie jeder, der hier im Zimmer sitzt!“

24

Alle starrten ihn an.

„Das hatten Sie nicht erwartet, was?"

Restarick zischte wütend: „Sie irren sich. Das Mädchen *weiß nicht einmal, was es getan hat*. Norma ist unschuldig – völlig unschuldig. Man kann sie nicht für etwas verantwortlich machen, von dem sie nicht weiß, dass sie es getan hat."

„Vielleicht lassen Sie mich mal ausreden. Ich weiß, wovon ich rede. Sie nicht. Das Mädchen ist gesund und für ihre Taten verantwortlich. Sie wird übrigens gleich hier sein, dann kann sie für sich selbst sprechen. Ja, sie ist noch hier – sie ist mit einer Polizeibeamtin in ihrem Zimmer eingeschlossen. Aber ehe wir ihr Fragen stellen, möchte ich Ihnen gern noch etwas erklären, das Sie alle wissen sollten. Als das Mädchen zu mir kam, *war sie bis oben hin voller Rauschgift.*"

„Und das hat *er* ihr gegeben!", rief Restarick. „Dieser gemeine, verkommene Kerl!"

„Dass er damit angefangen hat, glaube ich auch."

„Gott sei Dank", sagte Restarick. „Gott sei Dank!"

„Wofür danken Sie Gott eigentlich?"

„Ich habe Sie missverstanden. Ich dachte, Sie wollten sie den Wölfen zum Fraß vorwerfen, als Sie so laut betonten, dass sie normal sei. Ich habe Sie missverstanden. Nur dieses Rauschgift war an allem schuld. Das hat sie zu Handlungen getrieben, die sie sonst niemals begangen hätte, und deswegen weiß sie auch nichts mehr davon."

„Wenn Sie mich endlich zu Wort kommen ließen,

statt pausenlos selber zu reden und den Allwissenden zu spielen, würde uns das entschieden weiterhelfen.“ Stillingfleet sprach laut und ärgerlich. „Punkt eins: Sie ist *nicht süchtig*! Sie hat keine Injektionsnarben. Sie hat auch nie etwas geschnupft. Irgendjemand, vielleicht der junge Mann, vielleicht jemand anders, hat ihr ohne ihr Wissen Rauschgift eingegeben. Nicht einfach ein oder zwei Pillen irgendeines Aufputschmittels, sondern ein Sortiment verschiedenster Drogen – LSD für lebhafte Wachträume – angenehme und sehr unangenehme übrigens –; dann Haschisch – dadurch verliert man das Zeitgefühl; sie glaubte also, etwas dauerte eine Stunde statt nur ein paar Minuten.

Dazu kam noch eine Reihe anderer rauschgifthaltiger Substanzen, die ich Ihnen nicht aufzählen will. Jemand, der eine Menge von Opiaten verstand, trieb mit dem Mädchen ein teuflisches Spiel. Anregungsmittel, Beruhigungsmittel in den merkwürdigsten Kombinationen wirkten zusammen, um dem Mädchen ein völlig falsches Bild von sich selber vorzugaukeln.“

Restarick unterbrach ihn: „Das sage ich ja. Norma ist nicht verantwortlich! Jemand hat ihr diese Taten unter Hypnose aufgezwungen.“

„Sie haben es immer noch nicht begriffen! Niemand konnte sie zwingen, etwas zu tun, *was sie nicht tun wollte*! Man konnte Norma lediglich glauben machen, sie habe es getan. Aber jetzt soll sie kommen, damit wir ihr zeigen können, was mit ihr geschehen ist.“ Er sah Neele fragend an, der ihm zunickte.

Stillingfleet wandte sich in der Tür noch einmal an Claudia: „Wo haben Sie das andere Mädchen hingebracht? Die Sie bei der Jacobs abgeholt und der Sie was zur Beruhigung gegeben haben? Liegt sie in ihrem Zimmer im Bett? Wecken Sie sie doch bitte, und schaffen Sie sie her. Wir werden ihre Hilfe brauchen."

Auch Claudia verließ das Wohnzimmer.

Stillingfleet kam mit Norma zurück. Er schob sie vor sich her und redete ihr burschikos zu. „Na los, los, Mädchen ... Es beißt Sie keiner. Setzen Sie sich."

Sie gehorchte. Ihre Folgsamkeit war beklemmend.

Die Polizeibeamtin blieb mit empörter Miene neben der Tür stehen.

„Ich bitte Sie nur darum, die Wahrheit zu sagen. Das ist leichter, als Sie denken."

Claudia erschien mit Frances Cary. Das schwarze Haar hing ihr wie ein Vorhang ins Gesicht und verdeckte fast den Mund, während sie immer wieder gähnte.

„Sie brauchen was zur Aufmunterung", sagte Stillingfleet.

„Lassen Sie mich doch schlafen", murmelte Frances kaum verständlich.

„Hier schläft keiner, ehe ich nicht mit ihm fertig bin! So, Norma, jetzt müssen Sie meine Fragen beantworten. Die Frau aus der Nachbarwohnung behauptet, Sie hätten zugegeben, David Baker getötet zu haben. Stimmt das?"

Die gehorsame Stimme sagte: „Ja. Ich habe David getötet."

„Haben Sie ihn erstochen?"

„Ja."

„Woher wissen Sie das so genau?"

Sie sah ein wenig erstaunt auf. „Ich weiß nicht, was Sie meinen. Er lag doch auf dem Fußboden – er war tot."

„Wo war das Messer?"

„Das habe ich aufgehoben."

„War Blut daran?“

„Ja. Und auf seinem Hemd auch.“

„Wie war das Blut auf dem Messer? Und das, das Sie an den Händen hatten und abwaschen wollten – war es feucht? Oder mehr wie Erdbeermarmelade?“

„Wie Erdbeermarmelade ... klebrig.“ Sie schauderte. „Ich musste es abwaschen.“

„Klar. Na, dann haben wir ja schon alles. Opfer und Mörder – Sie – und eine Waffe haben wir auch. Erinnern Sie sich an die Tat selbst?“

„Nein ... daran erinnere ich mich nicht ... Aber ich muss es doch getan haben, oder?“

„Fragen Sie nicht mich! Ich war ja nicht dabei. *Sie* behaupten das doch. Aber davor gab es noch einen Mord, nicht wahr? Schon vor einiger Zeit?“

„Meinen Sie – Louise?“

„Ja. Ich meine Louise ... Wann sind Sie zuerst auf den Gedanken gekommen, sie umzubringen?“

„Vor vielen, vielen Jahren.“

„Als Kind?“

„Ja.“

„Da mussten Sie aber lange warten, was?“

„Ich hatte es ganz vergessen.“

„Bis Sie sie wieder sahen und wieder erkannten?“

„Ja.“

„Als Kind haben Sie sie gehasst. Warum?“

„Weil sie Vater, meinen Vater weggenommen hat.“

„Und Ihre Mutter unglücklich machte?“

„Mutter hat Louise gehasst. Sie hat gesagt, Louise wäre eine böse Frau.“

„Hat sie oft mit Ihnen über sie gesprochen?“

„Ja. Ich wollte es gar nicht ... ich konnte nichts mehr von ihr hören.“

„Ja, so was wird monoton, ich weiß. Hass ist stumpfsinnig. Als Sie sie dann wieder gesehen haben, wollten Sie sie da wirklich noch töten?"

Norma schien nachzudenken. Ihr Gesicht wurde allmählich wacher. „Nein, eigentlich nicht ... Es war alles so lange her. Und ich konnte es mir nicht vorstellen, dass ich ... Deswegen war ich auch nicht ..."

„Sie waren nicht sicher, dass Sie's getan hatten?"

„Ja. Ich kam auf die verrückte Idee, dass ich sie gar nicht getötet hätte. Dass es nur ein Traum gewesen sei. Dass sie sich vielleicht wirklich aus dem Fenster gestürzt hätte."

„Und warum konnte das nicht sein?"

„Weil ich wusste, dass ich es getan hatte. Ich habe gesagt, ich hätte es getan."

„Sie haben gesagt, *Sie* hätten es getan? Zu wem?"

Norma schüttelte den Kopf. „Das darf ich nicht ... Es war jemand, der mir helfen wollte, der nett zu mir war ... Sie hat gesagt, sie würde so tun, als wüsste sie nichts davon." Norma sprach jetzt immer schneller und aufgeregter. „Ich stand vor Louises Tür, vor der Nummer 76; ich war gerade herausgekommen. Ich dachte, ich wäre geschlafwandelt. Es hieß – sie sagte, es hätte einen Unfall gegeben. Unten, im Hof. Sie hat immer wieder gesagt, es hätte nichts mit mir zu tun. Niemand würde es erfahren ... Und ich konnte mich nicht erinnern, was ich gemacht hatte – aber ich hatte das Zeug in der Hand ..."

„Was für Zeug? Meinen Sie Blut?"

„Nein, kein Blut – Vorhangstoff. Als ich sie runtergestoßen habe ..."

„Sie erinnern sich also, sie runtergestoßen zu haben?"

„Nein. Das war ja gerade so schrecklich. *An nichts*

konnte ich mich erinnern. Darum habe ich gehofft ... Darum bin ich zu ihm gegangen." Sie drehte sich zu Poirot um, dann sah sie wieder Stillingfleet an. „Ich habe mich *nie* an das erinnert, was ich getan habe, an nichts. Aber ich habe immer größere Angst bekommen, weil so viele Stunden da waren, von denen ich nichts wusste. Nicht, wo ich gewesen war, nicht, was ich getan hatte. Aber ich habe Sachen gefunden, die ich selbst versteckt haben muss. Mary ist von *mir* vergiftet worden. Dass sie vergiftet wurde, haben sie im Krankenhaus festgestellt. Und ich habe das Unkrautgift in meiner Schublade gefunden! Und hier in der Wohnung war ein Schnappmesser. Und ich hatte einen Revolver – und ich wusste doch nicht mal, dass ich ihn gekauft hatte! Ich *habe* Menschen getötet, aber ich konnte mich nicht erinnern; ich bin also kein richtiger Mörder – ich bin *verrückt*! Ich bin verrückt; ich kann nichts dafür. Wenn man verrückt ist, kann man doch nichts dafür? Wenn ich sogar David töten konnte, so beweist das doch, dass ich verrückt bin?"

„Möchten Sie denn so gern verrückt sein?"

„Ich – ja, ich glaube schon."

„Warum haben Sie dann jemand gestanden, dass Sie die Frau aus dem Fenster gestoßen und ermordet haben? Wem haben Sie das gesagt?"

Norma drehte sich um und streckte zögernd die Hand aus: „Ich habe es Claudia gesagt."

„Das ist nicht wahr. Nie hast du mir so etwas gesagt!"

„Doch, das habe ich."

„Wann? Und wo?"

„Mir hat sie gesagt, sie hätte es dir gestanden", flüsterte Frances. „Ich habe ehrlich geglaubt, sie wäre hysterisch und hätte das Ganze erfunden."

Stillingfleet wechselte einen Blick mit Poirot. „Sie könnte es erfunden haben", sagte er abwägend. „Dafür spricht einiges. Aber dann müssten wir ein Motiv finden, ein sehr starkes Motiv, warum sie den Tod dieser beiden Menschen herbeisehnte. Aus kindlichem Hass, den sie schon seit Jahren überwunden und vergessen hat? Unsinn! David – nur um von ihm ‚loszukommen'? Deswegen mordet kein Mädchen! Wir brauchen ein besseres Motiv. Eine riesige Menge Geld – ja, so etwas! – Geldgier!" Er sah sich im Zimmer um und sagte plötzlich liebenswürdig: „Wir brauchen Unterstützung. Eine der Beteiligten fehlt immer noch. Ob Ihre Frau noch lange ausbleibt, Mr Restarick?"

„Ich weiß nicht, wo Mary steckt. Ich habe angerufen. Claudia hat überall Nachrichten hinterlassen, wo sie auftauchen könnte. Sie müsste sich längst wenigstens telefonisch gemeldet haben."

„Vielleicht gehen wir von falschen Voraussetzungen aus", sagte Hercule Poirot. „Vielleicht ist Madame schon – wenn man es so formulieren darf – teilweise anwesend."

„Wovon reden Sie eigentlich?", rief Restarick aufgebracht.

„Darf ich Sie bitten, *chère* Madame?" Poirot beugte sich zu Mrs Oliver, die ihn verwundert anstarrte. „Das Päckchen, das ich Ihnen anvertraut habe ..."

„Oh!" Sie kramte in ihrer Tasche und gab ihm den schwarzen Beutel.

Er hörte, wie dicht neben ihm jemand tief Luft holte, drehte sich aber nicht um. Er öffnete den Beutel vorsichtig und hielt eine goldblonde, kunstvoll frisierte Perücke hoch. „Mrs Restarick ist nicht hier, wohl aber *ihre Perücke*. Interessant, nicht wahr?"

„Wo hast du die her, Poirot?“, fragte Neele überrascht.

„Aus dem kleinen Koffer von Miss Frances Cary. Sie hatte bisher nicht die Möglichkeit, sie fortzuschaffen. *Sollen wir mal sehen, wie sie ihr steht?*“ Mit einer raschen, geschickten Bewegung strich er das schwarze Haar zurück, das das Gesicht von Frances so gut verbarg. Ehe sie sich wehren konnte, hatte er ihr die goldene Perücke übergestülpt, unter deren schwerer Pracht sie sie wütend anstarrte.

„Guter Gott!“, rief Mrs Oliver. „Das ist ja Mary Restarick!“

Frances wand sich wie eine gereizte Schlange. Restarick sprang auf, aber Neele hielt ihn eisern fest.

„Nein. Lassen Sie das! Das Spiel ist aus, Mr Restarick – oder soll ich Sie lieber Robert Orwell nennen?“

Der Mann fluchte unflätig. „Sei doch still, du verdammter Idiot!“, schrie Frances mit schriller Stimme.

Poirot hatte seine Trophäe, die Perücke, achtlos beiseite gelegt. Er stand vor Norma und ergriff behutsam ihre Hand.

„Ihr Leidensweg ist zu Ende, mein Kind. Sie sind nicht verrückt, und Sie haben auch niemand ermordet. Diese beiden grausamen, gefühllosen Menschen haben sich gegen Sie verschworen. Sie haben Sie belogen und Ihnen Rauschgift eingegeben und alles versucht, Sie zum Selbstmord zu treiben oder Sie glauben zu machen, dass Sie verrückt und schuldig wären.“

Norma sah entsetzt auf den Mann. „*Mein Vater* ... Mein Vater? Das soll er mir angetan haben? Mir, seiner Tochter? Mein Vater hat mich doch geliebt ...“

„Nein, nicht Ihr Vater, Kind. Ein Mann, der nach dem

Tod Ihres Vaters dessen Rolle weitergespielt hat, um das riesige Vermögen an sich zu bringen. Und nur ein Mensch konnte ihn erkennen – oder vielmehr erkennen, dass er *nicht* Andrew Restarick war: die Frau, die vor fünfzehn Jahren Andrew Restaricks Geliebte gewesen ist."

25

In Poirots Wohnzimmer waren vier Menschen versammelt. Poirot thronte in seinem Ohrensessel und trank Johannisbeersaft. Norma und Mrs Oliver saßen auf dem Sofa. Mrs Oliver trug ein festliches apfelgrünes Brokatkleid, das ihr besonders schlecht stand. Ihre Frisur war ausgesucht kompliziert. Dr. Stillingfleet lag mit weit ausgestreckten Beinen in einem Sessel.

„Und jetzt möchte ich endlich mal wissen, wie alles gewesen ist", sagte Mrs Oliver vorwurfsvoll.

Poirot goss Öl auf die Wogen. „*Chère* Madame, sofort. Ich kann Ihnen gar nicht sagen, wie tief ich in Ihrer Schuld stehe. Alle, aber auch *alle* guten Ideen stammten von Ihnen."

Mrs Oliver warf ihm einen zweifelnden Blick zu.

„Habe ich nicht von Ihnen den Ausdruck ‚drittes Mädchen' gelernt? Damit habe ich begonnen – und damit habe ich auch geendet – mit dem dritten Mädchen in dieser Wohngemeinschaft. Ja, sicher, technisch war

Norma wohl das ‚dritte Mädchen' – aber als ich die Dinge vom *richtigen Blickpunkt* aus betrachtete, klärten sie sich. Die unbeantwortete Frage, der fehlende Stein des Puzzlespiels, alles führte immer zu einer Person – zu dem dritten Mädchen. Es war stets *das Mädchen, das nicht da war*. Für mich war sie nur ein Name, sonst nichts."

„Ich möchte wissen, warum ich sie nie mit Mary Restarick in Verbindung gebracht habe", sagte Mrs Oliver. „Ich habe Mary Restarick bei der Cocktailparty gesehen und mit ihr gesprochen. Aber natürlich, als ich Frances Cary kennen lernte, hatte sie schwarze Haare, die ihr ins Gesicht fielen. Ich konnte nicht darauf kommen!"

„Und wiederum, Madame, waren Sie es, die mich darauf aufmerksam gemacht hat, wie leicht eine Frau durch eine andere Frisur ihr Äußeres verändern kann. Frances Cary hatte eine Schauspielschule besucht. Sie konnte sich sehr schnell umschminken, und sie konnte ihre Stimme verstellen. Als Frances hatte sie langes schwarzes Haar, das ihr ins Gesicht fiel, ein totenblasses Make-up, dunkle Augenbrauen und viel Wimperntusche, und sie sprach mit einer heiseren, gedehnten Stimme. Mary Restarick mit der blonden, komplizierten Lockenfrisur, der strengen Kleidung, dem leichten südafrikanischen Akzent und dem sicheren Auftreten war das genaue Gegenteil. Aber man hatte bei ihr von Anfang an das Gefühl, dass sie etwas unwirklich war. Ich wurde mir über sie nicht klar ... Bei ihr hat mein Scharfsinn versagt. Nein – ich, Hercule Poirot, war gar nicht scharfsinnig."

„Hört, hört!", rief Stillingfleet. „Und das von Ihnen, Poirot! Es gibt noch Zeichen und Wunder!"

„Ich verstehe immer noch nicht, warum sie in zwei Rollen auftreten wollte.“ Mrs Oliver schüttelte den Kopf. „Das war doch unnötig verwirrend.“

„Nein. Für sie war es wichtig. Sie verschaffte sich dadurch ein ständiges Alibi. Meine Güte! Ich bin mit der Nase darauf gestoßen und habe es nicht gemerkt! Die Perücke – sie hat mich irritiert, ohne dass ich den Grund begriff. Die zwei Frauen – nie wurden sie irgendwo zusammen gesehen. Beide führten ein Leben, bei dem es nicht auffiel, wenn sie für längere Zeit plötzlich verschwanden. Mary fährt oft nach London, kauft dort ein, geht zu Häusermaklern; sie hat immer eine Besorgungsliste, die sie vorweisen kann. Frances fährt nach Birmingham und Manchester, manchmal fliegt sie ins Ausland, sie ist häufig in Chelsea, wo sie junge Künstler um sich schart und ihnen Aufträge gibt, die der Polizei wohl kaum schmecken würden. Für die Wedderburn-Galerie wurden Spezialbilderrahmen angefertigt. Aufstrebende junge Künster hatten dort Ausstellungen – ihre Bilder verkauften sich gut; sie wurden ins Ausland verschickt, und in den Rahmen war Heroin verborgen. Es ging um Kunstschwindel, um raffinierte Fälschungen weniger bekannter alter Meister ... Sie hat das alles arrangiert. David Baker war einer der Künstler, die sie damit beschäftigte. Er war ein ausgezeichneter Kopist.“

„Armer David“, murmelte Norma. „Als ich ihn kennen lernte, war ich so von ihm begeistert.“

„Das Porträt“, fuhr Poirot nachdenklich fort. „Immer und immer musste ich daran denken. Warum hatte Restarick es ins Büro gehängt? Was bedeutete es ihm? *Enfin*, ich schäme mich für meine Begriffsstutzigkeit.“

„Was war denn mit dem Porträt?“

„Oh, das war eine großartige Idee. Es diente ihm zum Nachweis seiner Identität. Zwei Porträts, Mann und Frau, Bilder eines damals berühmten Malers: Als sie aus dem Möbellager geholt wurden, übermalte David Baker das Porträt Restaricks mit dem um zwanzig Jahre verjüngten Orwell. Wer sollte darauf kommen, dass das Porträt eine Fälschung war? Der Stil, die Pinselführung – es war nicht zu erkennen. Es hing über Restaricks Schreibtisch. Freunde von früher würden höchstens sagen: ‚Ich hätte dich nicht wieder erkannt!', oder: ‚Hast du dich aber verändert!' Doch nach einem Blick auf das Porträt würden sie sich denken, dass sie wohl nur vergessen hätten, wie er damals ausgesehen hatte!"

„Das war aber ein großes Risiko für Restarick – nein, für Orwell", meinte Mrs Oliver.

„So groß war es gar nicht. Er war ja kein Außenseiter, der Forderungen stellte, sondern ein Familienangehöriger und Teilhaber, der nach dem Tod seines Bruders zurückgekehrt war, um die Firma weiterzuführen. Er brachte eine junge Frau mit und zog zu einem alten, fast blinden, aber hoch geachteten Onkel, der ihn seit der Schulzeit kaum gesehen hatte, ihn aber ohne jeden Argwohn bei sich aufnahm. Nahe Verwandte gab es nicht, nur die Tochter, und die hatte ihn als fünfjähriges Kind zum letzten Mal gesehen. Als er damals nach Afrika ging, waren im Büro zwei betagte Angestellte beschäftigt gewesen; sie waren längst tot. Der Familienanwalt ist ebenfalls gestorben. Sie können sicher sein, dass Frances das alles genau geprüft hat, nachdem die beiden diesen Plan geschmiedet hatten. Soweit wir wissen, hat sie ihn vor etwa zwei Jahren in Kenia kennen gelernt. Gauner waren sie beide. Er hat betrügerische Geschäfte mit Konzessionen gemacht – Restarick und er haben gemeinsam in Zentralafrika nach Mineralvorkommen gesucht. Einem – vermutlich wahren – Gerücht nach ist Restarick dann gestorben, sodass Orwell ungefährdet seine Rolle übernehmen konnte."

„Es stand wohl sehr viel Geld auf dem Spiel?", fragte Stillingfleet.

„Ja, ungeheuer viel Geld. Ein hoher Einsatz um einen hohen Gewinn. Und es klappte. Andrew Restarick war selbst schwerreich und außerdem Erbe seines Bruders. Niemand hatte Zweifel. Aber dann ging auf einmal alles schief. Er bekam plötzlich aus heiterem Himmel den Brief einer Frau, die ihn nur zu sehen brauchte, um zu wissen, dass er nicht Restarick war. Und dann fing auch noch David Baker an, ihn zu erpressen."

„Damit hätten die beiden aber rechnen müssen", warf Stillingfleet ein.

„Nein, sie haben nicht damit gerechnet. David hatte nie zuvor jemand erpresst. Aber der riesige Reichtum dieses Mannes ist ihm zu Kopf gestiegen. Vermutlich erschien ihm die Summe, die er für die Fälschung bekommen hatte, im Verhältnis dazu einfach lächerlich. Er wollte mehr. Restarick zahlte hohe Beträge und behauptete, er tue es, um seine Tochter vor einer Ehe mit ihm zu bewahren. Ob David sie wirklich heiraten wollte, weiß ich nicht, möglich ist es. Doch Leute wie Orwell und Frances Cary zu erpressen ist ein gefährliches Geschäft."

„Wollen Sie damit sagen, dass die beiden kaltblütig zwei Morde planten – einfach so?", erkundigte sich Mrs Oliver.

„Ja, und Sie hätten auch leicht auf ihrer Liste stehen können, Madame."

„Ich? Wollen Sie sagen, dass einer von den beiden

mich überfallen hat? Frances vermutlich? Nicht der arme Pfau?"

„Ich glaube nicht, dass es der Pfau war. Aber Sie waren schon in den Borodene Mansions gewesen. Und jetzt verfolgen Sie Frances bis nach Chelsea – das hat sie wohl angenommen –, und der Grund, den Sie angeben, ist wirklich sehr fadenscheinig. Deswegen geht sie Ihnen nach und haut Ihnen eins über den Schädel, um Ihre Neugier wenigstens für eine Weile lahm zu legen. Aber Sie wollten ja nicht hören, als ich Sie vor der Gefahr warnte."

„Ich kann es einfach nicht fassen! Aber warum ..." Sie ließ den Blick von Norma zu Poirot wandern. „Sie haben *sie* als Werkzeug missbraucht; sie haben ihr Rauschgift gegeben und sie in dem Glauben gelassen, zwei Menschen ermordet zu haben. Warum?"

„Sie suchten ein Opfer ...", sagte Poirot. Dann stand er auf und trat zu Norma. „*Mon enfant*, Sie haben Schreckliches durchgemacht. Aber das ist nun für immer vorbei. Wenn man einmal aus nächster Nähe dem absolut Bösen gegenübergestanden hat, ist man gegen alles gewappnet, was einem das Leben antun kann."

„Ja. Ich glaube Ihnen. Wenn man sich selbst für verrückt hält – es wirklich glaubt, das ist fürchterlich ..." Norma zitterte. „Und ich weiß sogar jetzt noch nicht, wie ich davongekommen bin, warum alle so sicher waren, dass ich David nicht getötet hatte – wo ich doch fest davon überzeugt war."

„Das mit dem Blut stimmte nicht", erklärte Stillingfleet sachlich. „Es war schon fast geronnen. Das Hemd war ‚steif' vom Blut, hat Miss Jacobs gesagt, nicht feucht. Und als Frances mit ihrem Geschrei anfing, sollte er doch höchstens fünf Minuten tot sein."

Mrs Oliver unterbrach ihn. „Wie hat sie das ...? Sie war doch in Manchester?“

„Sie kam mit einem früheren Zug zurück und zog sich unterwegs die Mary-Aufmachung an. Dann ging sie zu den Borodene Mansions – eine allseits unbekannte Blondine. Sie hatte David in die Wohnung bestellt. Er ahnte nichts Böses. Sie hat ihn erstochen. Danach verließ sie das Haus wieder und wartete in der Nähe auf Norma. Sobald sie sie kommen sah, hat sie sich in einer Bedürfnisanstalt wieder in Frances zurückverwandelt, traf sogar noch eine Bekannte, mit der sie zum Haus ging, fuhr nach oben und hatte ihren großen Auftritt, den sie offenbar auch noch genoss. Sie hoffte wohl, bis zum Eintreffen der Polizei würde niemand mehr die genaue Tatzeit feststellen können. Du liebe Güte, Norma, Sie haben uns an dem Tag vielleicht übel mitgespielt! Mit welcher Beharrlichkeit Sie diese Morde begangen haben wollten!“

„Ich wollte gestehen, um es endlich hinter mir zu haben ... Haben Sie – haben *Sie* damals geglaubt, ich könnte es wirklich getan haben?“

„Ich? Ja, was halten Sie denn von mir? Ich weiß, wozu meine Patienten fähig sind und wozu nicht. Ich fand nur, dass Sie es uns schwer machten. Und dann Neele – er handelte nicht gerade nach Vorschrift! Erinnern Sie sich nur, wie er Poirot freie Hand ließ!“

Poirot lachte leise. „Chefinspektor Neele und ich sind seit vielen Jahren befreundet. Außerdem hatte er sich mit dem Fall befasst und wusste Bescheid. Sie waren nie vor Louises Wohnungstür, Norma. Frances hat die Ziffern ausgewechselt. Sie hat die 7 an Ihrer Tür vor die 6 gesteckt. Claudia war damals verreist. Frances hatte Ihnen wieder Rauschgift gegeben, und dadurch kam

Ihnen alles wie ein Albtraum vor. Ich bin ganz plötzlich auf die Wahrheit gestoßen. Es gab nur noch einen Menschen, der Louise getötet haben konnte, und das war das echte ‚dritte Mädchen': Frances Cary."

„Sie haben sie fast erkannt, wissen Sie das eigentlich?", fragte Stillingfleet. „Sie haben mir beschrieben, wie ein Mensch sich ganz plötzlich in einen anderen verwandelte."

Norma betrachtete ihn nachdenklich. „Sie waren schrecklich grob zu allen Leuten."

Stillingfleet sah sie verblüfft an. „Grob?"

„Was Sie alles gesagt haben! Und wie Sie sie alle angeschrien haben!"

„Na ja, kann schon sein ... Das habe ich mir angewöhnt. Die Leute gehen mir einfach auf die Nerven ..." Plötzlich grinste er Poirot an. „Na, was sagen Sie zu dem Mädchen?"

Mrs Oliver erhob sich seufzend. „Ich muss gehen." Ihr Blick wanderte von den beiden Männern zu Norma. „Was machen wir denn nun mit ihr?"

Beide sahen sie verblüfft an.

„Ja, natürlich, sie wohnt bei mir. Und sie behauptet, dass es ihr gefällt. Aber so einfach ist das nicht. Was soll denn mit dem Geld werden, mit dem vielen Geld, das Ihnen Ihr Vater – Ihr richtiger Vater – hinterlassen hat? Das wird doch alles ganz kompliziert, und dann kommen Bettelbriefe und sonst was alles. Sie könnte natürlich wieder zu Sir Roderick, aber was soll sie bei ihm? Er ist taub und blind und ein alter Egoist. Ach, was ist übrigens aus den Dokumenten geworden und aus dem Mädchen und *Kew Gardens*?"

„Die waren genau da, wo sie sein sollten; er hat sie übersehen. Sonja hat sie gefunden." Norma fügte lächelnd hinzu: „Onkel Roddy und Sonja heiraten nächste Woche."

„Alter schützt vor Torheit nicht", sagte Stillingfleet.

„Soso!" Poirot nickte. „Dann zieht die junge Dame das Leben in England also doch der Politik vor. Eine gescheite kleine Person."

„Also ist das auch erledigt", erklärte Mrs Oliver. „Aber zurück zu Norma. Da sollte man wirklich zu einer Entscheidung kommen und einen Plan machen. Woher soll das Kind denn wissen, was es jetzt ganz allein anfängt? Jemand sollte ihr wirklich beistehen!" Sie sah beide Männer streng an.

Poirot schwieg und lächelte.

„Ach, Norma?", sagte Stillingfleet. „Passen Sie auf, Norma. Ich fliege am Dienstag in einer Woche nach Australien. Ich muss mich erst mal umschauen und feststellen, ob alles in Ordnung ist. Dann schicke ich Ihnen ein Telegramm, und Sie kommen zu mir. Und dann heiraten wir. Sie werden mir schon glauben müssen, dass ich es nicht auf Ihr Geld abgesehen habe. Ich gehöre nicht zu den Ärzten, die von riesigen Forschungszentren träumen. Ich bin nur an Menschen interessiert. Im Übrigen bin ich davon überzeugt, dass Sie mit mir fertig werden. Sie haben ja schon gesagt, dass ich grob mit den Leuten umgehe – und ich wusste es nicht mal. Eigentlich komisch, nicht, wenn man sich vorstellt, was Sie gerade alles hinter sich haben, und dann handelt es sich nicht darum, dass ich mit *Ihnen* fertig werde, sondern *Sie* mit *mir*?"

Norma stand ganz still da. Sie sah John Stillingfleet sehr aufmerksam an. Dann lächelte sie. Es war ein sehr reizendes Lächeln, wie eine glückliche junge Kinderschwester. „Gut."

Auf einmal lief sie zu Poirot. „Ich war auch grob und unhöflich. Damals, als Sie beim Frühstück saßen, habe ich gesagt, Sie wären zu alt, um mir helfen zu können. Das war sehr unhöflich. *Und es stimmte nicht ...*“ Sie legte ihm die Hände auf die Schultern und küsste ihn.

„Sie – du solltest uns ein Taxi holen“, sagte sie zu Stillingfleet.

Er nickte und ging aus dem Zimmer. Mrs Oliver ergriff Handtasche und Pelzstola. Norma zog sich den Mantel an und begleitete sie zur Tür.

„Madame, un petit moment ...“

Mrs Oliver drehte sich um. Poirot hatte aus der Sofaecke eine hübsche graue Haarlocke hervorgezogen.

„Ach!“, rief Mrs Oliver klagend. „Heutzutage taugt auch gar nichts mehr! Nicht mal Haarnadeln können sie machen!“

Stirnrunzelnd ging sie hinaus, steckte jedoch sofort wieder den Kopf durch die Tür und flüsterte: „Sagen Sie – oh, Sie können ruhig offen reden, ich habe Norma schon vorausgeschickt –, haben Sie das Mädchen absichtlich gerade zu diesem Arzt gebracht?“

„Natürlich. Er ist ein anerkannter ...“

„Jetzt fangen Sie nicht wieder von seinen Qualifikationen an! Sie wissen genau, was ich meine. Er und sie ... war das Absicht?“

„Wenn Sie's unbedingt wissen wollen: Ja.“

„Habe ich's doch geahnt“, sagte Mrs Oliver. „Sie denken auch immer an alles!“

Dreizehn bei Tisch

Das Eulenhaus

Ruhe unsanft

Tod auf dem Nil

Bertrams Hotel

Eine reizende alte Dame

Schneewittchen-Party

Der ballspielende Hund

Das Haus an der Düne

Der Blaue Express

Das Schicksal in Person

Die Katze im Taubenschlag

Rotkäppchen und der böse Wolf

Die verschwundenen Goldbarren

Das Geheimnis der Schnallenschuhe

Die vergessliche Mörderin

Elefanten vergessen nicht

Die Schwarzen Krimis von Loewe